最後のロマンティーク　三島由紀夫

伊藤勝彦　Ito Katsuhiko

新曜社

まえがき

「批評の最後の機能は、愛なのか?」と三島由紀夫は問いかける。もちろん、愛以外のものではありえない。小林秀雄がランボオを愛し、ドストエフスキーを愛したことも、江藤淳が夏目漱石を愛したことも疑いえない事実だ。愛なしにあれだけの情熱を一人の文学者にそそぐことができるわけがない（三島全集29・三三四頁）*。

「ではおまえはどうだったのか」と聞かれると、やはり三島由紀夫と森有正の名前をあげざるをえない。「三島由紀夫論」を一九五六年二月に『三田文学』に発表したのがぼくが自分の作品を活字にした最初で、それ以来、数回にわたって書きつづけている。森有正については、「風景の中に佇む思想」（『批評』19、一九七〇年）がわが国で森有正論として書かれた最初のエッセイで、森先生は「君が書いたもののなかでいちばんの傑作だ」と言ってくれた。それから森有正について何回もエッセイを書いてきた。

ぼくが初めて三島さんに会ったのは、昭和三十年四月、三島三十歳、ぼくが二十五歳のときだった。当時ぼくは東大哲学科の大学院生で『仮面の告白』や『禁色』に熱中していた。本業のデカルト研究のかたわら、稚拙な「三島由紀夫論」を書きつづけていた。父君の平岡梓氏の農林省時代の後輩にぼくの知人がいたので、その人に依頼し、電話で都合を聞いてもらった。その電話に幸運にも、梓氏ではなく三島氏自身が出られ、こちらの面会の申し出を気軽に受けいれていただいた。

憧れの人に会えるという期待で、ぼくはかなり堅くなっていたように思う。当時、目黒区緑ケ丘にあった三島邸の一室に招じ入れられたぼくがそのとき何を話したか、ほとんどおぼえていない。ただ、ぼくの緊張をときほぐすように、非常に物柔らかで、丁重な物腰で話しかけてくれたことだけが記憶に残っている。精神分析の立場から自分の作品を分析したものはこれまでにあったが、哲学者がとりあげてくれるのははじめてだ、と言っていた。リポート用紙五枚に書かれた『禁色』論の要旨を一読して、「私の作品の意図を正確にとらえて下さったように思う。ただ、新人の処女作としては作品論ではなく、作家論としてまとめたほうがいいと思う」というご意見だったので、神西清や奥野健男ほかいくつかの評論にも目を通し、それらと対決する姿勢において八十枚の三島論を書き上げ、氏ご自身に見てもらった。「こんどは前のより良いと思います。どこかの雑誌に話してみましょう」というご連絡をいただいた。ただし、本人の推薦というのもおかしいから、奥野健男氏の推薦という形にして、当時三島氏に私淑していた桂芳久氏が編集するところの『三田文学』の昭和三十一年二月号に五十枚のエッセイに縮めて発表することになった。これが活字で発表した、ぼくの最初のエッセイである。

この時以来、氏は後輩の面倒を見る調子で、いつも親切にぼくを励し、ひきたててくれた。昭和三十年六月に文学座により第一生命ホールで上演された『只ほど高いものはない・葵上』の公演期間中に楽屋に氏を訪ねたことがある。受付の人に「作者の三島さんはどこにおられるか」と尋ねたところ、そんな人はいないという。よくみると、アロハシャツのいかれた格好でホールの中央に坐っている。「あれ、あそこにいるではないか」といえば、「まあ、あのアンちゃんみたいなのが三島さんですか」とあきれている。聞けば、上演中はほとんど毎日やってきて、最後尾の席のうしろで立って見ているとのこと。てれくさそうに「ぼくが見ていないと役者はすぐ台詞《せりふ》をはしょったりするからね」と弁解していたが、その実、自分の劇が上演されているのを毎日見ているのがうれしくてしかたがなかったのである。

昭和三十一年三月、奥野健男の処女作『太宰治論』の出版記念会に、当時まだ無名の作家であった友人の北杜夫といっしょに出席し、二次会の席で彼を三島由紀夫にひきあわせた。それは銀座の〝はせがわ〟という酒場でのことで、そこで無名の新人北氏が酒の勢いで三島氏に無遠慮な論争をしかけて、周囲をハラハラさせた。そのときのことは、北杜夫氏の『人間とマンボウ』（中央公論社）に収められたエッセイの中に、若干の記憶ちがいとともに語られている。

三島さんの発案で、桂芳久氏の『海鳴りの遠くより』の出版記念会が昭和三十一年にあり、そこで江藤淳氏に初めて会った。彼は昭和三十年から三十一年にかけて四回に分けて『三田文学』に「夏目漱石論」を書いていたから、当然、三十一年二月に発表された、ぼくの「三島由紀夫論」のことは知っていた。ぼくの北大時代の友人であった同僚の奥さんの弟である山川方夫氏（『三田文学』編集長）が死去したとき、「一度、桂君と君とぼく（江藤）の三人で彼の追悼会をやろう」ということになって、江藤君の企画で銀座のレンガ屋というフランス料理屋で山川氏の死を三人で悼む会をすることになり、彼のごちそうで楽しい会食をした。ぼくが「奥野健男の評論は面白いが、あの人間がどうにもね」というと、江藤は「逆だよ、人間は面白いが、評論はつまらない」という。それから次々に、作家や評論家を徹底的に罵倒するすさまじさには驚かされた。

昭和四十六年一月、ぼくは三島さんの友人であった村松剛に電話した。『批評』のメンバーで一月二十日に三島由紀夫の追悼会をやるから出席しないかと誘われ、行くことを約束した。それは同時に『批評』の解散会でもあった。『批評』だけでなく、「劇団浪漫劇場」も「楯の会」も三島の私費によって賄われていたのだから、三島が死んだ以上、自然に解散せざるをえないことになるわけである。ぼくは『批評』に数編の評論（森有正論、ヴァレリイ論、ジイド論、ヘンリー・ミラー論、「大いなる拒絶」〈学生論〉など）を書いていたので、準同人ということになるだろう。

『批評』の主な同人は、三島由紀夫、佐伯彰一、村松剛、遠藤周作、秋山駿、大久保典夫などであった。多くの人たちがぼくの『愛の思想史』を読み、注目してくれているのを知り、嬉しかった。自分では哲学書のつもりでいたが、あれこそが文学というものだとだれかが賞めてくれたのが嬉しかった。だいぶ遅くなって遠藤周作がへべれけに酔っぱらってやってきて、「何だ三島のあの死に様は！　自衛隊に向って、〝おい、おまえらおれの言葉を静聴せい〟というのが文学者の言う言葉か！」それまで静かに三島の生前のことを偲んで語りあっていたのに、遠藤の罵声で雰囲気が滅茶苦茶にこわされてしまった。村松が突然、立ち上って叫ぶ。「おい遠藤、おまえのいうことはそれは違うぞ！」遠藤、服部（達）、村松剛の三人はメタフィジック批評をとなえて文壇に新しい批評世界を生みだそうとしたその時以来の仲間であったから、少し酔った遠藤の方がばつが悪くなってきた。

三島の死後大分たってからだが、三島と縁の深かった友人たち（澁澤龍彦、遠藤、村松など）はほとんど死んでしまった。遠藤は三島の死が新聞の一面トップをうめつくす記事であることに嫉妬していた。その遠藤周作の死も、三島よりは少し小さいが一面で報道されていた。

少し古い話になるが昭和四十年（三十六歳）にぼくは紀伊國屋新書の一冊として『愛の思想史』を出した。今年（二〇〇五年一月）に講談社の学術文庫の一冊として全面的に改稿し、附論を追加して新版を出した。その最初の着想は三島さんに借りたJ・A・サイモンズの著書（限定出版の稀《き》覯《こう》本）を読んだときに与えられたというご縁もあったから、これを氏に献呈したところ、「ぼくが愛の思想史を書くならぜひ書いてほしいと思うことが、もれなく網羅されて書いてあり、非常に興味深い本だと思います。とくに「ギリシア的愛」についての記述と、「現代において愛は存在するか」という題の最終章に感動しました」というお便りをいただいた。その言葉に気をよくして、昭和四十二年二月に番町書房から出した『愛の思想』の推薦文を書いていただけないでしょうかとあつかましい依頼をした。これは前著の続編として書かれた本で、前著がギリシア的愛を中心とするものであったのに反し、本書では、「砂漠という不毛の地に何故キリスト教的な愛の思想が生まれたかを問うものであった」。当時多忙をきわめていた氏がぼくのあつかましい申し出を快くひきうけ、ゲラ刷で同書に目をとおし、推薦の辞を書いていただけたのは並大抵の好意でできることではないと感謝している。

伊藤勝彦氏は現代においていかに哲学を営むか、ということの困難を現代においていかに愛が可能であるかということのアナロジーとして語っているようにみえる。そこでわざと日本から最も遠い「砂漠」の思想に身をひたしてみて、そこから出発する。本書は、こけおどかしのアカデミズムを脱した若い哲学者の、読者と共に歩み旅をし、考えてゆく真摯な「哲学旅行案内書」である。(全集34、新潮社、三三四頁)

同年八月には、同じ番町書房の企画で、四谷の福田屋において「反ヒューマニズムの心情と論理」というテーマで、三島氏と四時間にわたる対話をやった。これは、森有正および吉本隆明との対談とあわせて、『対話 思想の発生』という題の一冊の本にして、同年十二月に出版された。昭和四十二年二月というのは、三島氏の思想史的転換の時期で、ここには自決にいたるまでの氏の精神の軌跡を知る上において最も重大な証言が含まれている、とぼくは考えている。

これほどの大きな氏のご好意に対してなんら報いることのなかったぼくは、いま慚愧《ざんき》にたえぬ気持で一杯だ。いまぼくにできることは、せいぜい、さまざまの誤解にとりかこまれている、彼の思想そして死の真相を正確に理解して世に伝えることぐらいしかないだろう。

＊三島由紀夫からの引用は基本的には、「『仮面の告白』新潮社、決定版全集1・四五七頁」というような形で書くべきだが、ものによっては著作名だけで、あるいは「全集1・四五七頁」という省略形で引用する場合もある。参考文献の場面もこれにならい、「ジョン・ネイスン『新版・三島由紀夫――ある評伝』新潮社、一五五頁」と書くべきところを、場合によっては、「ジョン・ネイスン、一五五頁」という省略形にすることもある。それについては巻末の参考文献を参照していただきたい。

最後のロマンティーク　三島由紀夫——目次

装幀――難波園子

第一章　哲学者の三島由紀夫論

1　Sollen と Sein

三島由紀夫はもちろん哲学者ではなく芸術家であった。詩人であり、作家であり、劇作家であった。しかし、哲学者と見紛《みまが》うばかりの論理性をもった人であった。彼の死もゾルレン Sollen（あるべき）の死であり、ザイン Sein（ある）の死ではなかった。あるがままの彼の心はつねに死ぬことを欲していなかった。若いときから彼はつねに本当に死ぬことはいやだったのである。『金閣寺』の主人公が最後に語る言葉は、「生きようと私は思つた」であった。事実、若いときの彼は死ぬことが怖くてしかたがない人であったのである。その彼がどうして見事に切腹死することができたのか。その謎を解くために、以下の文章を書こうとしているのである。

三島が『仮面の告白』でいう「悲劇的なもの」への渇望、それは「汚穢屋《をわいや》――糞尿汲取人」になりたい、「花電車の運転手」、「地下鉄の切符切り」になりたいという永遠に拒まれているものへの願望である。ついで五歳の時、絵本の中で見つけひきつけられた絵、白馬にまたがり剣をかざし、「死」へか、ともかく何かしら不吉な力をもって翔んでゆく対象へ立ち向っていた。それはジャンヌ・ダルクであった。「私は打ちひしがれた気持だつた。彼だと信じてゐたものが彼女なのであつた」のである。

私は一人の男の子であることを、言はず語らずのうちに要求されてゐた。心に染まぬ演技がはじまつた。人の目に私の演技と映るものが私にとつては本質に還らうといふ要求の表はれであり、人の目に自然な私と映るものこそ私の演技であるといふメカニズムを、このころからおぼろげに私は理解しはじめてゐた。

その本意《ほい》ない演技が私をして、「戦争ごつこをしようよ」と言はせるのであつた。杉子ともう一人の従妹と、女二人が私の相手だつたので、戦争ごつこはふさはしい遊びではなかつた。（中略）

「どうしたの、公《こう》ちやん」

――女兵たちが真顔で寄つて来た。目もひらかず手も動かさずに私は答へた。

「僕戦死してるんだつてば」

私はねぢれた恰好《かつかう》をして倒れてゐる自分の姿を想像することに喜びをおぼえた。自分が撃たれて死んでゆくといふ状態にえもいはれぬ快さがあつた。（全集1・一九五頁）

しかし、それは幻想の死であるがゆえの快感であったのである。

2　世界への絶望的距離

三島は戦後の文壇に登場した最初の時点においてすでに異端児として存在していた。彼の作家活動は最初から時代精神に対する抵抗という意味をもっていた。「時代への抵抗ということを抜きにして読むならば、初期の作品群はかなりわかりにくいものになるだろう」と彼自身語っている。だからといって、彼がこの時期に早くも反民主主義の思想原理を身につけていたと早合点してはならない。それがいかなる種類のものであれ、もともと彼はイデオロギーには無縁な人であったのである。これはやがて詳しく跡づけなければならない重要な論点となることなのだが、彼の戦後精神に対する反抗というのは、もともと思想的動機に由来するものではなく、本質的には、彼個人の特有な気質にもとづくものであった。彼は生来、純粋といえるほどの芸術家気質の男であったのである。

芸術家という人種は多かれ少なかれ、現実の社会生活から離反的な傾向をもっている。ミンコフスキーは分裂病の内閉的傾向を「現実との生ける接触の喪失」(la perte d'un contact vital avec la réalité) ということから説明している。しかし、これはなにも精神障害者にかぎったことではない。多くの芸術家がある時期には現実世界とのあらゆるつながりを喪失したような感情を味うことはいちいち例を挙げて説明するまでもなかろう。ただ、芸術家の場合には、いかに現実世界から遠ざかり、孤独な内面に沈潜しようとも、なんらかの形で現実との接触を求めているのである。精神障害者は自分の内閉的世界に入ったきり、出てこようとはしない。芸術家はいったんは現実世界を避け、自分ひとりの内面世界で豊かな創造の源泉を探ろうとしていても、つねに外の世界への出口を探し求めているのである。

芸術家の内閉的世界というものは、孤独を愛する性向からというよりも、むしろ外の世界とのつながりを求める強烈な願望の挫折、絶望から生まれることが多い。完全に外界から隔離された世界に生活し、そういう内閉的世界に自足しきっているならば、芸術創造の意欲もおこるまい。孤独なエゴの内部から脱出し、現実の世界との接触を保つことを切望しながら、現実の行為の形では脱出できないため、作品の創造を通じて仮構の世界、空想の世界に逃亡するのである。

三島由紀夫は、幼いころから現実剝離《はくり》の感覚をもちつづけた人であった。世界はつねに向こう側にあり、自分はつねにそこから隔てられて存在している。自分と外界との距離はけっして短縮されることがない。他者は永久にやってくることはなく、連帯の不可能は明らかである。いわば、生まれながらにして絶対孤独を自分の棲家として生きているのである。

十五歳のときに書かれた「彩絵硝子《だみゑガラス》」の中には次のような一節がある。

僕はそこに硝子戸を隔てたやうな風景を感じた。よく眺めようとすると硝子が額にぶつかるのだ。硝子のむかうがはでは景色はみんな澄ましてゐた。さうしてどこまで行つても風景と僕との距離は同じであり、それら景色はバランスがとれ手際よく配置されて、どこを額縁で区切つてもそのまゝ絵になるやうな気がした。（全集15・四一一頁）

ここで彼が「風景と僕との距離」と呼んだところのものは、彼がこの世に生まれ落ちた最初の瞬間にすでに自分に与えられていると感じていた根源的状態であった。それはいわば、原風景といってもよいものであった。彼はつねに現実世界から抜けだし、硝子戸を隔てたこちらがわからそれを見る立場に位置していた。『仮面の告白』の最初のページに記されてあるように、彼は生まれながらにして〝見る人〟（voyant）として存在していたのだ。

永いあひだ、私は自分が生れたときの光景を見たことがあると言ひ張つてゐた。

人目に晒《さら》されて存在せざるをえない生身の肉体のほかに、そうした自分自身の存在をふくめたまわりの風景全体を眺めている、もう一人の私が存在するのである。この世に生まれ落ちた最初の瞬間に、彼の存在ははやくも〝見られている私〟（肉体）と〝見る私〟（精神）の二つに分裂する。少なくとも、そういうように分かれていく素地が物心ついたころすでに萌していたのだ。この世のあらゆる出来事からスッポリ抜けだし、まるで眼そのもののような〝視る存在〟に化身することを欲していたのである。

幼年時以来私の唯一の願ひは風景の中に生きつづけることであつた。（「美しき時代」全集27・八一頁）

そのような願いは所詮、叶えられるはずはなかった。どのように閉鎖的な環境に育った子供でも、いつかは男らしい行動の世界に飛びだしていくときがやってくるはずである。そのときには幼児がひそかに自分ひとりで築き上げた童話的世界をつき崩して、喜びいさんで外光の中に駆けだしていくことだろう。しかし、彼の場合には、その時期を遅らせる特殊な事情が働いていた。そのため容易なことでは外界との荒々しい接触の中に入っていくことができなかったのである。あまりにも閉ざされた孤独な内面世界に長く安住していたため、いつのまにか根づよい退行的心性を身につけてしまった彼は、硝子戸を破って外に飛びだしていく勇気を見失ってしまっていた。自分と外界との間には、ほとんど絶望的な距離が横たわっていると感じられたのである。

私は外へ出て遊びたかつたり乱暴を働らきたかつたりするのを我慢しながら、病人の枕許に音も立てずに坐つてゐたのではない。私はさうしてゐるのが好きだつたのだ。（中略）私はそのころ祖母の病的な絶望的な執拗な愛情が満更でもなかつたのである。（「椅子」全集18・三五二頁）

シュテーケルのいうように、「家族とは多種多様な照明のもとに、ありとあらゆる角度からわれわれの自我を示してくれる鏡の間のようなもの」にすぎない。この鏡の間を破って、生き生きとした行動的世界に飛びだそうとする男性的気力がいつのまにか麻痺してしまっていたのである。幼い彼は看護婦の膝を〝椅子〟にして坐り、いたずらされることを好んだ。


「おおかはいい」

看護婦は紙袋の底に何かをさぐりあてたやうに小さなものをじつと摘《つま》んだ。私は大きらひなズボン吊でズボンを吊り上げられるときの不快な恍惚感に似たもので頭がしびれた。（中略）

「これ何でせう、坊ちやま、丸いもの、丸い小さな二つのどんぐりみたいなもの」

「しーらない」

「今に坊ちやまが女泣かせにおなりになるとき大事なもーのよ」

「しーらない。女泣かせつてなあに」

「坊ちやまみたいな人のこと」（「椅子」全集18・三五二頁）

彼の性倒錯の傾向の一面を考えてみるに、この受動的位置に対する愛着ということから説明されるかもしれない。

お伽噺を読んでも王女たちを愛さず、王子だけを愛した。死の運命にある王子たちをいっそう愛した。「聖セバスチャン」の絵画を見て、激しい性的興奮を感じ、最初の ejaclatio を経験する。これは十三歳の時。「ヒルシュフェルトが倒錯者の特に好む絵画彫刻類の第一位に、『聖セバスチャンの絵画』を挙げてゐるのは、私の場合、興味深い偶然である」と附言している。さらに、主人公が十五歳の時、書いたと自称する未完の散文詩。

セバスチャン——若い近衛兵の長——が示した美は、殺される美ではなかつたらうか。羅馬の血潮したたる肉の旨味と骨をゆるがす美酒の味はひに五感を養はれた健やかな女たちは、彼自身のまだ知らない凶々《まがまが》しい運命をはやくも覚つて、この故に彼を愛したのではなかつたらうか。彼の白い肉の内側を、遠からずその肉が引裂かれるとき隙間《すきま》をねらつて迸り出ようとうかゞひながら、血潮は常よりも一層猛々しく足早に流れめぐつてゐた。かかる血潮のはげしい希ひを女たちがどうして聴かなかつた筈があらう。

薄命ではない。決して薄命ではなかつた。もつと不遜な凶々《まがまが》しいものだつた。輝やかしいとも云へるほどのものだつた。

たとへば甘美な接吻のたゞなかにも幾たびか、生きながらの死苦が彼の眉をよぎつたかもしれないのだ。

彼自身もまたおぼろげに予知してゐた。彼の行手にあつて彼を待つものは殉教に他ならないこ

とを。凡俗から彼を分け隔てるものはこの悲運のしるしに他ならぬことを。（『仮面の告白』全集1・二〇七－八頁）

三島由紀夫の、ある意味ではもっともすぐれた評伝作家であったジョン・ネイスンはこの詩についてこう書いている。

三島はみごとに自己自身を模倣している。この一節は、三島が『仮面の告白』に先立って書いたほとんどの作品中にも現われていてよかったはずのものである。血、そして海。主人公を死に運命づけている特別な美しさ。その「光輝ある運命」。三島美学をかたちづくるあらゆる要素がここには集められている。だが、決定的な違いが一つある。これまでは、こうした美と死への頌辞《オマージュ》は三島の芸術の主体であった。が、『仮面の告白』の文脈にあっては、それは客体化され、あのヒルシュフェルト程の斯界の権威が「倒錯者」のうちにしばしば見出されるたんなるサド＝マゾヒズムとして説明するものの臨床例としてさしはさまれているのである。こうして、それまでの三島の神秘的だがおぞましい「殉教」への性的陶酔は、合理的に説明されることになる。

ここから、ジョン・ネイスンは非常に間違った結論に導かれていくことになる。彼の論旨は美しいといえるほどに明晰《めいせき》であるがゆえに、多くの文学者を間違った結論へと誘引してゆく。つまり三島の最後の自決を「おぞましい「殉教」への性的陶酔」の死と解釈する方向へ導いていくということをいっているのである(『新版 三島由紀夫――ある評伝』野口武彦訳、新潮社、一二四頁)。これはザインとゾルレンとの完全なとり違えである。

たしかに、『仮面の告白』を書いた時点では、「殉教の死」への憧れに生きていたということはできるかもしれない。ところがこの作品の別の箇所では、「私が一度だつて死にたいなどと思つたことはなかつた」とも書いているのである。

ジョン・ネイスンは、この評伝の新版への序文の中で、「三島の死は、個人的な、最終的にはその生涯にわたるエロティックな幻想の光でしか了知できないものではあった」と結論づけている(一九九九年十二月三十一日)。これは間違った考えと私は考える。

3 悲劇的感覚

戦死して「ねぢれた恰好をして倒れてゐる自分の姿を想像することに喜びをおぼえた」というのは仮想された空想上の自我が傷つけられる快感で、それはマゾヒスティックな衝動といえるだろう。後手に縛《いま》しめられ、夥《おびただ》しい血をしたたらせて立っている「聖セバスチャン」の像は彼の内部に深く潜在する自己解体の願望をよびさます。『仮面の告白』にくりかえし現われる「死と夜と血潮へ向かってゆく」心というのは、生命以前の無機的状態に還帰しようとする願望であり、「血みどろの母胎」への郷愁だといえるかもしれない。
もっとも、こういう自己解体の願望、死への衝動は、このころはまだ現実の自己を傷つけようとする働きとなってあらわれることはなかった。彼は空想上の自我に仮託してじつに思いきったことをする。空想の世界では、あらゆる鎖をたちきって行動の世界にとびこむこともする。しかし怯懦《きようだ》に慣らされた、現実の自分は今のままの、みじめな生にしがみついていたいのである。自分のみじめな受動的姿勢に対する悲哀の念がきざすとともに、自分に拒まれている世界を憧れるようになる。「汚穢屋《をわいや》」をみて、「私が彼でありたい」という、「ひりつくやうな或る種の欲望」を感じる。しかし、実際には自分の内閉的世界を超えでて、この外の世界に向かっていくことはなかった。彼の官能は激しくそれらの現実の対象に接触することを求めていたが、いつまでたってもそれに達することはできなかった。

私の官能がそれを求めしかも私に拒まれてゐる或る場所で、私に関係なしに行はれる生活や事件、その人々、これらが私の「悲劇的なもの」の定義であり、そこから私が永遠に拒まれてゐるといふ悲哀が、いつも彼ら及び彼らの生活の上に転化され夢みられて、辛うじて私は私自身の悲哀を通して、そこに与《あづか》らうとしてゐるものらしかつた。(『仮面の告白』全集1・一八一頁)

これは、三島由紀夫の創作活動の秘密を見事に物語っている言葉と見てよいであろう。いいかえれば、「そこから私が永遠に拒まれてゐる」という悲哀の心から、せめて空想の上ででも、自己の内部から脱出しようとする願望が生まれる。これが仮構のかたちで自分以外の他者に化身しようとする芸術意欲に結びつくのである。彼の芸術衝動のすべては、自分を冷たく拒みつづけている世界に対し、せめて言葉の上ででも参加したいという願望に発するのである。「言葉に携はる者は、悲劇を制作することはできるが、参加することはできない」（『太陽と鉄』）。その悲哀の感覚から、彼の内部にみずから悲劇の行為者になりたいという「ひりつくやうな或る種の欲望」が生まれる。これが作品を創造するエネルギーとなって迸《ほとばし》り出るのである。

私は走り出したい。泳げるやうになつてみたい。いつも戸外の光のなかで暮したい。私は跳躍したい。水泳選手になりたい。拳闘家になりたい。みんなが見惚れるやうな肩幅をもちたい。喧嘩に強くて四五人を薙《な》ぎ倒したい。一瞬も考へないで行動したい。私を翳《かげ》らすものは雲の影だけであつてほしい。……しかし私は夜もすがら机にむかひ、昼すぎに起きるやうな職業にだけ適合してゐる。私の内部のどこかがまだ暗い病室の枕許のはうが好きなのだ。あとの九割の願望は戸外の光へむかつてゐるのに、私は戸外の光の中へ出ると、子供のころのやうに青空も緑の葉も小鳥も噴水もすべてが私を嘲り笑つてゐるのを依然として聴く。（「椅子」全集18・三五二頁）

これは昭和二十六年三月に発表された短篇の一節だが、これを見ると、彼が成年にいたるまで、子供のころと同じような外界に対する〝距離の感覚〟をもちつづけていたことがよくわかる。このように深い、ほとんど絶望的な断絶感を抱きつづけていた人がどのようにして現実との接点を見いだすことができるものだろうか。おそらく、作品の創造によって第二の現実を形造り、せめて言葉の上で自己を拒みつづけている世界に参加するというのが、そのために考えられる唯一の方途であったにちがいない。

フィクションの上ではいくらでも男らしい行動の世界を描き上げ、架空の形であるにせよ、みずから悲劇の主人公になって、「聖セバスチャン」の「無上の苦痛と歓喜」を味わうことができる。この秘密の喜びを知ってからというものは、作品の創造という芸術家の行為だけが唯一の現実への帰り道ということになり、それだけに、ほかのすべてをなげうっても創造行為に専念しようとする情熱をもたざるをえなくなった。仮構の形で「自分の反対物」に自らを化してしまい、悲劇の行為者に化身しようとする情熱――これが彼の作家としての活動のすべてであったのである。

4　世界崩壊の夢

三島由紀夫は生涯を通じ、「世界から拒まれている」という悲劇的感覚をもちつづけた人であった。彼が幼くして、フィクションとしての文学に魅せられたのは、それが現実を自分の掌中に収める唯一の手段であったからである。しかし、フィクションとしての世界をものにしたからといって、ありのままの現実に触れた瞬間に、所与の現実はたちまち瓦解し、変容してしまう。どこまでいっても彼の手はありのままの現実を掌握することができない。ものを書きはじめた時から、こうして彼は「言葉と現実との齟齬《そご》」に悩みつづけなければならなかった。

そこで私は現実のはうを修正することにした。幼時の私に、正確さへの欲求が欠けてゐたと言ふよりも、むしろ正確さの基準が頑固に内部にあつたといふはうが当つてゐる。私はベッドの寸法にあはせて宿泊者の足を切つてしまふといふ盗賊の話が好きだつた。(「電灯のイデア」)

現実はつねに彼を拒みつづけ、彼はつねに贋物の世界しか手にすることができない。こうまで扱いにくい世界に対する憎悪の念がやがて抑えがたく彼の内部に萌してくる。

わたくしは夕な夕な
窓に立ち椿事を待つた、
凶変のだう悪な砂塵が
夜の虹のやうに町並の
むかうからおしよせてくるのを。

枯木かれ木の
海綿めいた
乾きの間には
薔薇輝石《ばらきせき》色に
夕空がうかんできた……

濃沃度丁幾《のうヨードチンキ》を混ぜたる、
夕焼の凶ごとの色みれば
わが胸は支那繻子《しなじゅす》の扉を閉ざし
空には悲惨きはまる
黒奴たちあらはれきて
夜もすがら争ひ合ひ
星の血を滴《した》らしつゝ
夜の犇《ひしめ》きで閨《ねや》にひゞいた。

わたしは凶《まが》ごとを待つてゐる
吉報は凶報だつた

けふも礫死人の額《ぬか》は黒く
わが血はどす赤く凍結した……。（「凶ごと」）

十五歳の少年の詩作とは信じられないほどの凶々《まがまが》しさである。この詩には三島の主調音がかくされているにちがいない。彼はかつて、「窓に倚りつつ、たえず彼方から群がり寄せる椿事を期待する少年」（『太陽と鉄』）であった。自分の力で世界をたぐりよせ、自分の思うままにそれを変えることができないものなら、世界が向こうから変ってくることを願わずにはおれなかった。後年になって、彼は世界終末観が「私の文学の唯一の母体をなすもの」だと述懐《じゅっかい》している（「私の中のヒロシマ」）。

世界の破滅ということが少年の日の彼にとっては「日々の糧」であった。「それなしには生きることのできぬ或るもの」だった。彼はこの恐るべき観念をどこから学んだのであろうか。それは「私自身の中に初めから潜在したもの」だったのである。つまり、幼いころより世界からの絶望的な隔絶感を抱きつづけてきた彼にとっては、自分をとりまく虚構めいた世界を粉々に破砕することによらなくては現実との接触を回復することはできないと感じられていた。厚い壁で自分がそこから隔てられている世界がやがて破滅するに違いないという期待をもつことだけが、彼が憎悪してやまない世界の現実に耐えて生きてゆく唯一の方途だったのである。

ところで、戦時下というのは、こうした彼にとってはもっとも恵まれた時代であった。それは

「自分一個の終末観と、時代と社会全部の終末観とが、完全に適合一致した、稀に見る時代」(「私の遍歴時代」)であったからだ。そこには彼にとって望ましいすべてがあり、ただ一つ日常生活が欠けていた。だが、それこそ彼がもっとも望むところであった。「完全に日常性を欠き、完全に未来を欠いた世界」それこそこの孤独な魂が求めてやまないものであった。「私にもつともふさはしい日常生活は日々の世界破滅であり、私がもつとも生きにくく感じ、非日常的に感じるものこそ平和であつた」(『太陽と鉄』)。この時代こそ彼にとって「唯一の悦楽の時代」であったのである。

けれども、この恩寵の時は永くは続かなかった。敗戦の瞬間とともに、彼はこの精神的楽園から追放されなければならなかった。敗戦とともに孤高の精神貴族たちは惨めな追放の憂き目にあい、凡俗の人間、あの「愚衆」たちが時代の前面に躍りだす。そして、彼にとってはたとえようもなく恐ろしい日々がやってくる。「その名をきくだけで私を身ぶるひさせる、しかもそれが決して訪れないといふ風に私自身をだましつづけてきた、あの人間の「日常生活」が、もはや否応なしに私の上にも明日からはじまる」(『仮面の告白』)ということになったのだ。

芸術家というのは、多かれ少かれ、反時代的、現実離脱的な心性をもつ人種である。当然、凡俗を憎み、大衆と自分を区別したいと欲するエリット意識の擒《とりこ》になりがちなものである。とりわけ、世界への絶望的距離感を抱きつづけている人間にとっては、この傾向が特に甚だしい。戦争の時代には、だれもが同じような閉塞《へいそく》状態の中にあり、終末観にとりつかれて生活していたので、こうした内閉的傾向を自分だけに特有の、異常な性癖として恥じる必要がなかった。そういう意味においても、それは彼にとってこの上ない「悦楽の時代」であった。そこでは、自分の気質がおもむくままに「反現実的な豪奢と華麗をくりひろげようといふエリット意識」(「学生の分際で小説を書いたの記」)に酔いつづけていることができた。近い将来に自分の上に訪れる死を確信し、二十歳で夭折する天才作家を夢みながら、「花ざかりの森」や「中世」のような、終末観に濃く彩られた作品を書きつづけることができた。「二十歳の私は、自分を何とでも夢想することができた。薄命の天才とも。日本の美的伝統の最後の若者とも。デカダン中のデカダン、頽唐期の最後の皇帝とも。それから、美の特攻隊とも。……」(「私の遍歴時代」)。敗戦の瞬間とともに、これらの甘美な幻想はことごとくうち破られ、恐ろしく平板な日常的時間がはじまる。二十歳で死ぬはずであった自分が便々と無為の時間を生きつづけている。もはや、身のまわりには、かつての光栄ある死、悲劇的死は片鱗さえ見当たらない。ありうべきはずのない時間が、歴史の終末したあとの空白の時間がはじまってしまったのである。このように感じた彼が、戦後を「凶々しい挫折の時代」(『林房雄論』)とうけとめたのも、けだし当然のことというべきであろう。

ところが、三島とは正反対に、敗戦を呪われた時代、暗黒の時代からの解放と受けとめた人たちがいた。おそらく、数の上ではそのほうが多数を占めたであろう。彼らは待ってましたとばかりに時代の前面に躍り出てきた。〝われらの時代到来せり〟といわんばかりに活発な言論活動を開始した。曰く、ヒューマニズム、主体性、自由、平等、進歩。これらの観念を集約する根本理念として時代に喧伝されたのが民主主義という政治理念であった。民主主義はいわば、戦後の時代精神となり、神となった。文学者もこの時代思潮から無縁でありえない。戦後文学はあくまでヒューマニズムの文学であり、民主主義文学でなければならなかった。文学者はつねに民衆の味方であり、民主的でなければならない。これが時代の要請であった。戦後派作家たちは「貧しい民衆、作家の正義感をそそりたてる民衆のイメージ」を借りて大向う受けの作品を書き、「米櫃《こめびつ》」を豊かにした。そこには、ともすれば弱者の苦悩に同情しがちな日本人特有のセンチメントに訴え、大衆に媚びるという無意識の計算が働いていたというのは否めないところであろう。

　われわれは、敗戦直後の文壇に登場した三島由紀夫が、こうした時代の風潮に対し、いいようのない嫌悪と不快の念をいだかずにはおれなかった事情を、いまでは容易に想像することができるであろう。さすがにその当時は、「俗衆」とか「愚衆」というような刺戟語を表立っては使わなかったが、気持は同じであった。あいかわらず、孤高の精神を堅持し、作品の中に終末観に濃く塗りこめられた反現実的美を現わしだすことだけに専念していた。そのような彼が、特異な才能と執拗な努力によって文壇に出はしたものの、「二十歳で早くも、時代おくれになってしまった」というのも当然かもしれない。世をあげてデモクラシー礼讃の時代に「宝石売買」（昭23）や「頭文字」（昭23）のように、嫌味な「貴族趣味」をふんだんに盛った作品、これは「時代への抵抗」として書かれたと作者自身が語っている。「煙草」（昭21）のように「悠長な、スタティックな小説」、（中村光夫からマイナス百二十点をつけられた）「獅子」（昭23）のように「狂的な自己肯定」を主題とした作品をつぎつぎに発表していったのだから、世間は警戒、当惑、怪訝《けげん》の眼でこれを迎えるほかなかったわけである。しかし、彼の側からいえば、時代に対する悪意をあらわにし、反現実的、反時代的な作品をつぎつぎにものにしていくということだけが戦後世界につながりをもつことができる唯一の方法であった。あいかわらず、世界への絶望的距離に悩まされていた彼にしてみれば、軽蔑あるいは憎悪という対峙の仕方において現実の自己との間の距離を固定しておくことによってのみ、安んじて戦後世界との「軽薄な交際」に入っていくことができたのである。

昭和三十六年八月に書かれたエッセイ、「八月二十一日のアリバイ」の末尾のところに、「当時すでに私の心には、敗戦と共にをどり上がつて思想の再興に邁進しようとする知的エリートたちへの、根強い軽蔑と嫌悪が芽生えてゐた」とある。ここで「当時」というのは、いうまでもなく、敗戦の時、昭和二十年のことである。この頃書かれたという「戦後語録」の一節が同じ文章の中に引用されている。

○デモクラシイの一語に心盲《めし》ひて、政治家達ははや民衆への阿諛《あゆ》と迎合とに急がしい。併《しか》し真の戦争責任は民衆とその愚昧《ぐまい》とにある。源氏物語がその背後にある夥《おびただ》しい蒙昧の民の群衆に存立の礎をもつやうに、我々の時代の文学もこの伝統的愚民にその大部分を負ふ。啓蒙以前が文学の故郷である。（中略）

○日本的非合理の温存のみが、百年後世界文化に貢献するであらう。（全集26・五六〇頁）

これが敗戦直後に書かれたことをみても、三島の反民主主義、反教養主義がいかに根深いものであったかがわかるであろう。その反民主主義というのはしかし、思想というよりも心情にすぎなかった。これまでくりかえし説いてきたとおり、それは根本的に彼の芸術家気質の中に、いいかえれば、彼の実存における世界との関わり方に根ざすものであった。だからこそ、たんなる抽象的観念のように表皮的なものでなく、抜きさしならないほど彼の実存に深く根ざしているという意味において、まさしく根深いものであったといえるのである。しかし、反面、それがまだ気質に根ざす心情的なものにとどまっているかぎりは、それを公然と人に向かって主張するわけにはいかなかった。たんなる感情は、それが論理化され、正当化されるだけの根拠を獲得したときにのみ、思想として外に表出することが許されるものであろう。しかし、それにはまだ機が熟したとはいえない。とりわけ、世をあげて民主主義を謳歌しつつあった時代に、こうした危険思想を公表することが許されるはずもなかった。彼の反時代的気質は、戦争直後の時期においては深く隠蔽されていなければならなかった。たまたま、自分の秘められた気質が語られることがあったとしても、それはあくまで、仮面の背後にあるものとしてのかぎりであった。つまり、彼にとっては、自我の表出は「仮面の告白」としてのみ可能であったのである。

昭和二十四年七月五日に発表された『仮面の告白』は三島由紀夫の文壇的地位を確立する出世作となった。「あの小説こそ、私が正に、時代の力、時代のおかげで以て書きえた唯一の小説だ」と述懐している（「私の遍歴時代」）。ここで「時代の力」というのは、おそらく野口武彦が巧みに指摘しているように、「戦後という未曾有の価値転換、社会的タブーの崩壊、無秩序と混乱の時代」がこういうスキャンダラスな告白形式の作品を書くことを彼に可能にしたということだろう。彼の狙いは見事功を奏し、「かくもあからさまに自己の性の秘密を告白したものはいなかった」という、いかにも私小説的風土にふさわしい受けとり方がされて、この作品は戦後世界に大きなショックを与え、以後、彼は価値紊乱者の光栄の一端をになうこととなった。ようやくにして彼は時代精神の仲間入りをし、戦後文学の中の市民権を獲得するにいたった。それからというものは、世間が彼に与えてくれた評価、というよりも誤解を巧みに利用して、「美の殺戮者」として自己を位置づけるにいたる。しかし、はたして旧世代の価値や道徳観に挑戦して、「神なき人間の幸福」や「精神性の喜劇」を暴き出すことが、彼の文学の真の目的といえるだろうか。そうはいえないだろう。戦後の廃墟の上に、あの復員軍人や強盗たちの同類である〝価値紊乱者〟の一人として登場することは、彼の本意ではなかったろう。それはおそらく、彼が憎悪してやまない時代ではあったが、しかもなおその中で、「何としてでも生きなければならぬ」という必死の思いから、心ならずも身につけた「仮面」であったにちがいない。彼が、人の容易に言おうとしない性の秘密をあからさまに告白しようと決心したのは、もしかすると、彼の心のさらに深部に隠された真実、すなわち、あの〝時代憎悪〟あるいは〝人間憎悪〟という、永遠に癒しがたい彼の痼疾を隠しおおさんがためかもしれないのである。

「戦後語録」の一節にこういう句が見られる。

○偉大な伝統的国家には二つの道しかない。異常な軟弱か異常な尚武か。それ自身健康無礙《むげ》なる状態は存しない。伝統は野蛮と爛熟の二つを教へる。（全集26・五六〇頁）

このうち「異常な軟弱」というのは、おそらく、戦後の日本が現在おかれている状態を指すのであろう。占領下の無気力状態、平和で退屈な日常生活、生命尊重だけが唯一の価値となった戦後の女性化時代の暗喩をそこに読みとることができるかもしれない。これに対し、「異常な尚武」というのは、いうまでもなく、戦時下の日本の状態を指す。そこには英雄たちの光栄ある死があり、男たちは死に直面する極限状態の中で、緊迫した、それなりに充実した生を営んでいた。それはまさしく戦士たちの時代、男性の時代であった。

ジイドの『コリドン』には、ギリシャに発生した同性愛は頽廃期民族の風習であるどころか、元来、男性的な尚武の時代の産物であり、この男性的時代にかわって柔弱な女性的文化が勝利を収める時代に、ユラニスム（同性愛）が異性愛によって追放されたのであり、しかもこの時代こそアテネの最盛期の文化が衰微し、頽廃していった時代なのだ、という意味のことが書いてある（「ユラニストの倫理」）。この説の当否はともかくとして、これが三島由紀夫にきわめて都合のいい理論を提供するものであることは疑いを容れる余地がない。

ところで、この「戦後語録」が「八月二十一日のアリバイ」と題されたエッセイの中に再録されて発表されたのが昭和三十六年という年であったことは注目されてよい。これはいうまでもなく、六〇年安保の翌年にあたる。この時期は、戦後の日本が迎えた最初の反動期であり、戦後知識社会の指導的理念であった「平和と民主主義」の理念が根本的に再検討を迫られるにいたったときである。それまで、自由、平等、平和などの抽象的観念の人類的普遍性を信奉していた戦後知識人の間にも、ようやく、自分の拠って立っている思想的基盤というものに、疑いの眼を向けるだけの余裕が生まれてきた。こうした普遍的観念というものは、それ自体としてはどれほど深淵な思想を内包するものであるにせよ、それがたんなる抽象的普遍性の次元において考えられているかぎり、いかなる政治的、現実的有効性に達するものでもない。それらのインターナショナルな観念がわれわれにとっての現実的な力として機能しうるようになるためには、われわれの精神的風土の中でナショナルな根をもたなければならない。そういう反省がようやく、一部の知識人の間でももたれるようになった。

戦後の知識社会の基盤がようやくにしてゆらぎはじめたということは、いろいろな意味で三島由紀夫の文学的、思想的転機となる出来事であった。いかにも堅牢無比に思えた戦後世界、その上に築かれていた退屈きわまりない平和な日常生活、それらが一挙に瓦解し、流れ去ってしまうかもしれない。安保闘争の騒乱状態の中で、そういう世界没落の予感が芽生えたとき、彼は深く揺り動かされた。彼にとっては、戦後の日常生活が無限につづき、その中で便々と生きながらえ、老いさらばえていくのを想像することぐらい恐ろしいことはなかった。このように虚偽と偽善で塗りかためられたような精神世界はやがて崩れ去るにちがいない、そう信ずることによって、彼は自分の内部に巣喰う、すさまじい世界憎悪、あるいは日常性嫌悪に辛うじて耐えてきたのである。しかし、この六〇年安保の動乱期に戦後世界が危機に瀕しているのを見て、ようやく自分の秘められた感情を外に解放してもよいと考えるようになった。つまり、自分の本然の欲求にめざめ、生来の気質に従って作品を書くことを自分に許す気持になっていったのである。

思うに、三島由紀夫というのは、敗戦によって「美しい夭折」の可能性を奪われた後も、世界崩壊の期待をもちつづけていた、類い稀な人である。昭和三十四年の作品『鏡子の家』の中では、会社員の清一郎が鏡子に向かって次のように語っている。

世界が必ず滅びるといふ確信がなかつたら、どうやつて生きてゆくことができるだらう。会社への往復の路の赤いポストが、永久にそこに在ると思つたら、どうして嘔気も恐怖もなしにその路をとほることができるだらう。（中略）俺が毎朝駅で会ふあざらしのやうな顔の駅長の生存をゆるしておけるのは、俺が会社のエレヴェータアの卵いろの壁をゆるしておけるのは、俺が昼休みに屋上で見上げるふやけたアド・バルーンをゆるしておけるのは、……何もかもこの世界がいづれ滅びるといふ確信のおかげなのさ。（中略）君は過去の世界崩壊を夢み、俺は未来の世界崩壊を予知してゐる。さうしてその二つの世界崩壊のあひだに、現在がちびりちびりと生き延びてゐる。その生き延び方は、卑怯でしぶとくて、おそろしく無神経で、ひつきりなしにわれわれに、それが永久につづき永久に生き延びるやうな幻影を抱かせるんだ。（全集7・三九頁）

これはかなり作者の肉声に近い言葉とみてよいであろう。『私の遍歴時代』の中では「戦後十七年を経たといふのに、未だに私にとつて、現実が確乎たるものに見えず、仮りの、一時的な姿に見えがちなのも、私の持つて生れた性向だと云へばそれまでだが、明日にも空襲で壊滅するかもしれず、事実、空襲のおかげで昨日在つたものは今日はないやうな時代の、強烈な印象は、十七年ぐらゐではなかなか消えないものらしい」と書いている。彼はいわば、こうした終末幻想を自分の内部に保持し、育み、そうすることによって戦後の退屈な現実に耐えて生き抜こうとしていたのだ。しかし、やがて未来の世界崩壊への期待に答えるような時代の情勢の変化が生ずるにおよび、戦時の黄金時代をいま一度自分の手でとりかえそうとする気狂いじみた夢が抑えがたい勢いで彼の内部に芽生えてくる。彼がいま目の前に見ている現実というのは幻影のような存在にすぎないのであるから、そうした歴史の終わった後の、ありうべきはずのない時間はうたかたのように消え失せて、やがて失われた、あの栄光のときが蘇ってくるにちがいない、そういう不可思議な夢にとりつかれることになるのである。

5　エロティシズムの美学

三島由紀夫の戦後における思想的変貌の決定的転機となった記念碑的作品が、『憂国』である。これは六〇年安保の翌年、つまり、昭和三十六年の一月に発表された。この作品においてはじめて、彼は戦後精神に対する拒絶の姿勢をはっきり表に出したのである。それまでは嫌々ながらも、戦後の日常生活との「軽薄な交際」をつづけ、否定しながらそこから何らかの利得をえて暮してきた。しかし、この頃からもうこの不快な相手と寝るわけにはいかないという気持が強まってきた。ようやく自分の生来の気質に従って書くことを自分に許す気持になってきた。『憂国』はまさしく「死と血潮と固い肉体」へむかっていく根源的情熱を顕わに示す作品である。これ以後、まるで堰を切ったように、反時代的情熱を顕わに示す一連の作品が次々と発表される。そこではしばしば、思想に殉じて死ぬ人間の至上の美しさが主題となる。しかし、それはかならずしも思想そのものを扱った作品とはいえない。むしろ、「死にいたるまでの生の称揚」（バタイユ）としてのエロティシズムの美が描かれているにすぎないのだ。

昭和十一（一九三六）年二月二十八日、すなわち二・二六事件の翌々日、新婚間もない近衛輜重兵大隊の武山信二中尉夫妻が自殺した。叛乱軍に参加した親友たちと「皇軍相撃」の惨をおかすに忍びないからというのが残された遺書の文面であるが、この理由は作品の主眼とはあまり深い関係がなく、またあるわけもない。作者の目的は、中尉と夫人が「大義に殉ずる」という公的に「聖化」された喜びのために、「私」の枠を超えて一層高く燃え上る性の歓楽をつくす――その光芒の明るさは、正確に前提とされる「自害」という事実の暗さに比例する、という過程を出来得るかぎり細密にたどるところにあるからである。「帝国陸軍」叛乱という政治的非常時の頂点を、「政治」の側面からではなく「エロティシズム」の側面からとらえようという、三島氏のアイロニイ構成の意図は、ここで見事に成功している。割腹した夫の返り血をあびて白無垢を紅に染めた中尉夫人が、血にすべる白足袋をふみしめて死化粧に立つ姿などは、三島流のエロティシズムの極致ともいえるに違いない。(『全文芸時評』上巻、新潮社、三四八―四九頁)

これが三島嫌いで有名な江藤淳の批評であるから驚かされる。

しかし、やがて三島由紀夫も一個の〝思想〟といえるほどのものを身につけることを欲するようになる。もはや『憂国』のような唯美的で思想的には無害な作品に仮託して彼の時代憎悪を語ることだけでは満足できなくなったのである。彼の反時代的情熱は反民主主義的思想にまで高められていかねばならなかった。

だが、彼の世界憎悪、あるいは世界没落への期待などというものは、元来、彼にとって生来的な芸術家気質に根ざすものであったがゆえに、その気質から離れて、思想の抽象的次元にまで容易に発達していくものではなかったのである。そのへんの事情は、明敏そのものの知性の持主である三島自身よく承知していた。「思想が発展してゆくためには、思想があくまで気質に対して独立性を確保してゐなければならぬ。何ら気質に邪魔されずに、思想が、自律的運動をしてゆかなければならぬ。気質が個別性を代表するなら、思想は非個別性と普遍性を持たねばならぬ」(「十八歳と三十四歳の肖像画」)。だが、文学者というのは所詮、自分の気質から自由には存在しえないものであろうから、厳密な意味においては思想に到達することはありえないはずだ。「作家の思想は哲学者の思想とちがつて、皮膚の下、肉の裡、血液の流れの中に流れなければならない。だが一度肉体の中に埋没すれば、そこには気質といふ厄介なものがゐるのである」(同)。この気質の擒《とりこ》になった思想はもはや思想とはいえない。

三島由紀夫の思想とは何か。文学者がはたして反共思想というごときもので身を鎧《よろ》うことができるものであろうか。もちろん、答は否である。彼の反共思想というのは、もとはといえば、戦後の知識社会への根深い反感、愚衆に対する生理的嫌悪に根ざすものであった。

私はどうしても自分の敵が欲しいから共産主義というものを拵《こしら》えたのです。

三島自身、「学生とのティーチ・イン」(『文化防衛論』)において、自分の反共理由をこういう言葉で説明している。自分の気質から生涯のがれることができない文学者が、思想の中に深くのめりこんでいくのは何を意味するのか。それは、彼自身の言葉を借りていえば、「気質と結合して硬化してしまつたやうな思想」を身につけ、世界に敵対しつづけることである、それはまことに危険な道であった。


ああ、危険だ！　危険だ！

文士が政治的行動の誘惑に足をすくはれるのは、いつもこの瞬間なのだ。青年の盲目的行動よりも、文士にとつて、もつと危険なのはノスタルジアである。（「「われら」からの遁走」全集34・一九頁）

6　気質と結合して硬化した思想

三島由紀夫は〝危険な思想家〟という光栄ある称号を世間から与えられることをもっとも好んでいた。だから、右翼といわれようとファシストといわれようと少しも意に介することはなかった。むしろ、世間からもっとも警戒され、蛇蝎視されるような存在になることが彼の夢であった。

もっとも気にくわないのは、その怖るべき危険思想が、三島美学なる安全無害な境域の中に閉じこめられてしまうことだった。だから、そうした論評の仕方をすることで三島文学の擁護者をもって任じている軽薄な文芸評論家たちをもっとも軽侮した。時代憎悪、あるいは世界恐怖という、彼にとって宿痾《しゆくあ》ともいうべき気質に生涯悩まされつづけてきた三島にしてみれば、世界からつねに隔絶した場所を保証される〝危険な思想家〟という仮面の中ぐらい住みやすい場所はなかったのだ。「きみはいままでペデラストにすぎなかったが、ファシスト呼ばわりされれば、はじめてイストに昇格したのだから大したものだ」などと友にからかわれて悦にいっていた。(『わが友ヒットラー』は、あくまでわが友としてヒットラーを信頼していた、愚直なレームのことを指しているのであって、愚直な男を愛する気持はあったが、ヒットラーは嫌いだと三島ははっきり公言している)。

しかし、真に危険なのは彼の思想そのものではなく、思想と深く結合することを求めてやまない彼の気質であったのだ。気質と結合し、硬化してしまった思想はまさに死神のようなもので、生涯彼をとらえて離さず、彼を危険へ、危険へと駆りたてつづけるであろう。

作家の思想は皮膚の下、血液の中に流れていなければならない。だから、それは所詮、気質とは無縁に形づくられるはずがない。では、作家の思想というのは気質とどのような関係にあればよいのであろうか。この点について、彼はかなり明確な自覚をもっていた。作家の思想は大体どのへんに位置すればよいかというと、「それは当然、皮膚の下でなければならぬ。しかし気質の棲家である肉体の深部ほど深いところであつてはなるまい。そんなところに住めば、深海の大章魚《おほだこ》に喰はれる潜水夫のやうに、思想は気質に喰はれてしまふに決つてゐる」(「十八歳と三十四歳の肖像画」)。

このように明快に分析し、思想が気質に喰われてしまうことを極度に警戒していながら、彼は危険への道を一路邁進していった。ということはつまり、肉体の深部に棲まう気質と一体となってしまった思想を追求していったということである。そうして深海の大章魚《おおだこ》に喰われ、死んでしまったのである。そうした危険を十分承知していながら、みすみすその擒《とりこ》になってしまったのはどういうわけだろうか。おそらく、それというのは、彼がたんなる観念の人に甘んずることができず、自分自身の肉体をもつことを欲したからである。幼時から肉体的劣等感に悩まされつづけてきた彼にとっては、自分の反対者、つまり、自意識なんぞに無縁な、果敢なる行為者、あるいは観念に蝕まれることなぞかつてなかった無垢の肉体に化身することが最大の願望であった。行為の世界から永遠に拒まれつづけているという悲哀があったから、かえって世界へと身を挺してのめりこんでいく没我的状態へのひりつくような願望が彼の内部に生きつづけていた。だからこそ、思想が気質の擒になって身動きできないことになる危険を十分承知していながら、彼はあえて思想を肉体化し、行動化することを欲したのである。

明治以後の作家のうちには、「青年時代に自分の気質と似寄りの思想を発見して、一旦これと結婚するや、生涯家の外へも出ず貞淑に一夫一婦制を遵守する」(「十八歳と三十四歳の肖像画」)という型の人がいる。たとえば、永井荷風や正宗白鳥などのことを想いうかべればよいだろう。三島由紀夫もこれと似た型の作家で、生涯自分の文人気質を頑固に貫き通した。ただ彼が前二者の場合と異なるのは、たんなる文に甘んずることができないという——それ自身一種の——文人気質の持主であったことだ。彼はつねに「〝自分の反対者〟に自らを化してしまおう」という熾烈な願望をもちつづけた人であった。だから、彼は幼い頃から書く立場に身をおきながら、たんなる文に甘んぜず、文武両道を実現させようとした。おそらく文人であるということは、あくまで表現の世界にふみとどまり、行為者に非ざることに耐えつづけることであろう。生粋の文人である彼が同時に武の人となり、表現と行為を一致させることはほとんど不可能に近いことであった。その不可能をはっきり知りながら、彼は文武両道を語り、芸術と生活の統一を企てずにはおれなかったのである。

私が私自身に、言葉の他の存在の手続を課したときから、死ははじまつてゐた。言葉はいかに破壊的な装ひを凝らしても、私の生存本能と深い関はり合ひがあり、私の生に属してゐたからだ。

（『太陽と鉄』全集33・五五三頁）

彼の文学は元来、〝死の観念〟をすべての創造行為の「甘美な母」とすることによって生みだされるものであった。けれども、言葉の世界にとどまるかぎり、彼自身は自然死にいたるまで生きのびることができるはずであった。というのは、作品の中では、作中の人物はくりかえし殉教の死をとげるが、作者である彼自身は、「裏返しの自殺」と称する生の回復手術によって、ちょうどフィルムを逆にもどすと深淵にとびこんだ人ももとにもどるように、見事に生きかえることができるからである。じっさい、戦後においてなお生きつづけたいと欲したときから、彼は言葉を有効に使いはじめたのである。しかし、言葉を行為に結びつけ、思想を行動化しようとする。それができない哲学者は、人から怯懦のそしりをうけようとも、表現の世界にふみとどまり、行為者に非ざることに耐えつづけながら、思想の論理を追求しつづけなければならない。
三島の危険は、表現の世界においてのみ許される論理的一貫性をそのまま行為の世界で実現しようとしたところから発する。彼はむろん、哲学者ではない。しかしまた、無思慮に直情径行に走る狂熱の人でもなかった。むしろ、あまりにも冷静、緻密な計算をめぐらす理智の人であった。狂気には絶対に見られることのない種の「論理的一貫性」をどこまでも追求する人であった。ただし、その論理的一貫性を哲学者のように言葉の世界において追求するのみならず、行為の世界においても実現しようとした。それというのも、三島の場合、論理的一貫性への嗜好というのは、彼の気質に深く根ざすものであったからなのだ。

私が或る事件や或る心理に興味を持つときは、それが芸術作品の秩序によく似た論理的一貫性を内包してゐるときに限られてをり、私が「憑かれた」作中人物を愛するのは、私にとつては、「憑かれる」といふことと、論理的一貫性とが、同義語だつたからである。(『荒野より』全集20・五三三頁)

この言葉からもわかるように、彼が「論理的一貫性」を愛するというのは、自分の内奥の気質に忠実に生き、コケの一念のように自己の信条を貫きとおすことであったのだ。人がもし現実世界の中で、この種の論理的一貫性を貫きとおそうとするならば、限りなく非現実的な観念世界の住人となるより仕方がないだろう。まるで無世界的空虚の中に生きる人のように、エゴチスムの奔馬を疾駆させるわけであるから、論理的一貫性は狂熱の行為と一体と化し、狂気そのものと無縁であるにせよ、狂気に限りなく近似する外観を呈するにちがいないのである。

三島由紀夫はまさしく、こうした観念世界の住人であった。彼にとっては、自分の内閉的世界のみが唯一の現実であり、そこで通用する論理のみがありうべき世界の唯一の論理であった。この観念世界にくらべれば、外界はいわば、無きにひとしいものであったのである。「ひとたび外界へ飛びこめば、すべてが容易になり可能になるやうな幻想があつた」(『金閣寺』)。こうした観念的論理を駆使して彼の行動が生まれるのであるから、人から見れば、それが常軌を逸したものに見えるのも当然かもしれない。しかし、彼の観念世界の内部に深くはいりこんでこれを見るならば、そこには動かしがたい論理的必然が働いているに相違ない。自衛隊の総監部を襲い、総監室において割腹自殺をするという、一見突飛と見える最後の行動も、その必然に従うことによって生まれたのである。それはまさに他人の理解を絶し、共感を拒む出来事であった。それをあくまで常識の次元でうけとめようとするから、「何か白昼夢のような気がしてならない」ということになるのである。最後の割腹自殺という行為さえ、「非常に丹念につくりあげられた虚構ではないか」という感じで、彼の政治思想も、そのために命を賭けたのだから、嘘であるわけはないのだが、「にもかかわらず本気だったんだろうか」(江藤淳)という感想も生まれることになる。

けれども、ここに陥穽《かんせい》がある。命まで賭けたのだから「本気だった」というのはその通りであろうが、三島由紀夫が本気だったのは、「悠久の大義」とか「七生報国」というごとき時代錯誤的な観念に対してではない。そのような観念が虚妄にすぎないことを、あの醒めきった眼が見逃すはずがない。たしかに、人は〝そのために死ぬことができるような絶対の観念〟をもたなければならない、というゾルレンを彼はつねにもちつづけていた。しかし、そのゾルレンはどこからでてきたかといえば、それはけっして「大義」の思想そのものからではない。ゾルレンの論理は、あくまで、彼の特異な観念世界の内的論理から、つまり気質から必然的に導きだされたのである。彼が死んだのはもちろん、江藤淳のいうような「造型された三島由紀夫という役柄」を果すためなどではない。彼が思想に殉じて死のうと欲したのは、あくまで本気であった。しかし、何に対して本気だったかといえば、それはけっして「悠久の大義」などに対してではなかった。本気というのは、〝大義のために死ななければならない〟という論理に、対、す、る、忠実ということで、そのゾルレンの論理というのは、彼の深層において育まれた、きわめて特異な内的論理であり、それは、彼の秘められた気質と深く結びついて硬化したコケの一念のような論理であったのだ。

7　三島事件の謎をめぐって

三島由紀夫の事件から三十五年の歳月が経過した。しかし、彼の死をめぐる謎はほとんど解明されていない。死の直後には、その原因をめぐってじつにさまざまな推測が行なわれた。その多くは曲解にみちたもので、なかにはあきれるほど荒唐無稽な説もふくまれていた。狂気説、情死説、演技自殺説など、それらは、ほとんど大した根拠のあるものではなかった。

一例として、狂気説をとりあげてみよう。ある人は「三島由紀夫は整然とした体系的な妄想をもつパラノイアであり、その妄想は自殺を必然的帰結とするほど強固に組み立てられてあった」などと説明する。だが、ひとりの人間が自殺を必然的帰結とするような論理を自分の観念世界の中において構築したからといって、かならずしも死へと直行するとは限らない。『葉隠』の著者、山本常朝は「武士道とは死ぬこととみつけたり」といいながら、六十一歳で畳の上で大往生をとげたことは有名な話だ。三島にしても「死にいたらねばならない」というゾルレンを胸にいだきながら、しぶとく生き残ることだってありえたはずである。医学的にパラノイアと診断するためには慎重な検査が必要であるはずであるのに、そうした手続きをすべて省略して医学用語で診断するのは、空想の域を脱しない戯言《ざれごと》でしかありえない。

別の人は三島の死は同性との情死であり、「セックスが高揚して切腹願望が強くなった結果」なのだという。だが、美少年といっしょに死にたいという、ただそれだけの願望から発した行動だとするならば、なぜ密室の中でそれをしなかったのか、なぜあれほど大掛かりな舞台装置を必要としたか了解に苦しむことになる。

三島は死ぬことが怖い人であった。それゆえに死の共同体が必要であった。森田必勝は自分の弱点をカバーしてくれる大切な仲間だったのである。

そこで、情死説を補強するものとして演技自殺説が登場することになる。三島は英雄や殉教者のような劇的な死、光栄ある死を望んでいた。「彼は自分の死を美化するための舞台装置を必要としたのだ」という。しかし、悲劇的死への憧れから「死にいたらねばならない」というゾルレンが生まれてくるものであろうか。故知らぬ狂熱の擒《とりこ》になりがちな十代の若者ならいざしらず、四十五歳の分別ざかりの理智の人、明察の人三島が、死へのたんなる憧れを直情径行的に実行に移すことができたとは到底信じられない。

それに、三島の死は発作的に行なわれたヒステリックな狂言自殺とはおよそ異質なものであった。それは明らかに「覚悟の死」であり、無様《ぶざま》な死にざまを見せまいと周到に配慮され、準備された自刃であった。彼は古武士のように一糸乱れぬ死に方をしたいと欲し、また見事にそれをなしおおせたのである。かなり前からそのことを覚悟して、ひそかに武技を練磨していたと見られるふしがある。普通の意味の演技自殺とはかなりちがった次元にあるものであることは明らかだ。

もう一つ、たとえそれが形而上学的《メタフィジック》な意味をもつものであるにせよ、それが究極的にはエロティシズムの死であることにかわりはないのではあるまいか、と主張する人がある。これを主張する人が、三島由紀夫のことを深く理解していた人であるだけにたちが悪い。これに反論することは非常にむつかしい。

たとえば、澁澤龍彥は次のようにいう。

近ごろ流行の「狂気の復権」などという、お題目を繰り返している研究室の学者評論家先生は、おめでたいものである。彼らはたぶん、公認された狂気についてしか語れない人間であろう。いうまでもないことであるが、狂気とは理性を逸脱したもの、有効性を超越したものである。「何の役に立つか」とか、「何のために」とかいった発想とは、最初から無縁のものである。それはひとを茫然自失させ、時に顰蹙《ひんしゅく》させるものである。

この「何の役に立つか」という発想によって、今度の三島氏の事件をとらえようとしているひとびとのあまりに多いのに、私は驚きあきれた。（中略）

三島氏は、自分の惹き起した事件が社会に是認されることも、また自分の行為がひとびとに理解されることも、二つながら求めてはいなかったにちがいない。あえていえば、氏の行為は氏一個の個人的な絶望の表現であり、個人的な快楽だったのだ。（『三島由紀夫おぼえがき』立風書房、七〇頁）

これは非常に誤解されやすい文章なのである。澁澤の言っていることは、〈三島が楯の会という同志をひきつれて自衛隊総監部になぐりこみ、……〉という一連の行為全体が、三島にとっては「個人的快楽」だというのである。まるで子供が計画して実行するお遊びのように見ることもできる。ただ、切腹そのものは快楽とは正反対の、普通人では到底耐えられないほどの苦痛の極限なのである。それはエロティックな要素のかけらもない。人はしばしば両者を混同して考えるために、澁澤の言わんとすることを意図的に曲解する。

ジョン・ネイスンが『三島由紀夫』の新版の序文に書いた「三島の死は、個人的な、最終的にはその生涯にわたるエロティックな幻想の光でしか了知できないものではあった」という文章は部分的には当っている。「三島がはじめて聖セバスチャンの殉教の画に性的な高揚を感じた」ことと〝『憂国』で明確にかたちづくられるエロスと死の結合、エロティックな至福〟の両者は全く同質のものであることにぼくも同意する。しかし、最後の切腹死には、虚構の死にはあったエロティックな至福のかけらもないことだけは認めなければいけない。「そのときにもマゾヒスト特有の、苦痛の中の快楽があったはずだ」と想像することは、われわれ生者のうかがい知ることのできない境域への越権行為といわなければならない。それは死者という聖なる者への冒瀆《ぼうとく》というべきことだろう。


三島は家庭的といえる一面をもっていた。

彼の母に対する愛情の濃《こま》やかさは有名であった。死の五カ月前に弁護士に会って、『仮面の告白』と『愛の渇き』の著作権を自分の死後母に譲渡するという内容の遺書を作成した。非常な子煩悩で、妻子に対しさまざまの優しい思いやりを示している。親しい友人のためにいろいろな便宜をはかり、事の決行の直前にそれとなく別れを告げることも怠ってはいない。いかなる点でもとり乱したところは見られない。ある種の芸術家にみられるような、妻子を顧みぬエゴイスティックな行為ではけっしてなかったのである。

三島美学の完成のために彼は死んだという人がいる。彼の文学はたしかに、死の観念を母胎として生みだされたものであった。死に向かっての生の躍動。死と至上の美が同義であるような美学を築き上げてきた。しかし、言葉の世界でどれほど死への愛を語っても、それはかならずしも実生活上の死につながるものではない。むしろ、言葉の世界にとどまるかぎり、どんなに危険な言辞でも自由に弄《もてあそ》ぶことができるという文学者の無責任、無節操に対する、どうしようもない嫌悪から、「けっして言語に戻ってこられないような行動」というものを実現することを欲したのである。

いま、ぼくのやろうとしていることは、人には笑われるかもしれないけれども、正義の運動であって、現代に正義を開顕するんだという目的を持っているんです。吉田松陰の生き方ですよ。（中略）ぼくには正義が問題です。どう言われようとやります。（「三島由紀夫最後の言葉」）

こう語っているのは死の一週間前である。この時、彼は作家であることをやめ、みずから悲劇の行為者となることを決意していたのだ。これまで彼はつねに〈見る人〉あるいは〈書く人〉の立場に身をおいてきた。もっとも悲劇的なものに魅せられた魂が、それに参加することを拒まれていたのである。しかし、今度はちがう。彼はみずから行為者となって悲劇を実行することを決意したのである。

原作者が突如、舞台の正面におどりでてきたらどうなるか。その滑稽感に彼ははやくから気づいていた。だからこそ、石川淳との対談では、「失敗した悲劇役者というのが僕じゃないかしら。一生懸命泣かせようと思って出てきても、みんな大笑いする」と語っているのである。

けれども、どれほど人から笑われようと、いまはただ実行あるのみであった。それをしなければ、どれほど真剣に思想を語っても、すべて絵空事としてうけとめられてしまう。言葉をいくらでも無責任にあやつることのできる作者の立場にとどまるかぎり、「現代に正義を開顕する」ことなぞできるわけがない。そういう意味で、彼は文学者である自分とはきっぱり絶縁することによって、純粋な行為者に転身しようとしたのである。

人は自分の信念、あるいは思想のために命をすてることができるか。世間の常識はこの問いかけに対し否定的な答えを出す。それは人間を殺すに足るほど強力な思想がいまの時代にはなくなってしまっているからである。戦時中には多くの人たちが悠久の大義を信じてすすんで死地に赴いた。いまでは生命のみが至上の価値とされ、思想が人を殺すほどの力をなくしてしまっている。それが三島には残念でならなかったのである。言葉ではいかにももっともらしいことをいうが実行はしない。実行はしないということを前提にして言葉を弄ぶばかりである。そういう知識人の退廃が彼には我慢がならなかった。このニヒリズムの時代に、すべての思想が相対化される地点に生きながら、自分だけはある絶対的思想のために死んでみせる。この考えに彼は魅惑されていた。思想や言葉の力をだれも信じなくなった今の時代に、自分の抱懐する思想に殉じて死ぬ。そういうアイロニカルな状況に憧れていたのである。

三島をめぐる一番大きな誤解は、彼が〈魅死魔幽鬼尾〉と自称していたことからも知れるように、死への誘因を生来の気質に内在させており、その〈死への愛〉に駆りたてられて、いわば必然の道程をへて最後の自殺へとつきすすんだという見解であろう。もちろん、彼の初期の作品を見ても歴然とするように、彼の気質の中に〈死への愛〉が秘められていたことを疑うことはできない。しかし、そういう気質の弱点を充分自覚していた彼は、生来の気質と抗う地点において自分の思想を構築するすべを充分心得ていた。にもかかわらず、自分の気質を利するかのごとくにして自決へと走ったのはどういうわけなのか。明らかに、彼は死にたいから死んだのではない。死すべきであると考えたがゆえに死んだのである。

8　精神と肉体のアンタゴニズム

『太陽と鉄』なる作品についてドナルド・キーンは、

> 正直いうと『太陽と鉄』という作品、ぼくはわからないのです。
> あれが出版されてからのことですが、三島さんが手紙をくれました。「自分のことを知りたいと思ったら、ぜひ『太陽と鉄』を読んでくれ」という内容でした。手紙を書いたとき、三島さんは、自分でもおそらくそう信じていたんでしょうが、ぼくには『太陽と鉄』がわからないし、別

の意味では、あの作品、大きらいです。（徳岡孝夫との共著『悼友紀行 三島由紀夫の作品風土』中央公論社）

と言っている。ぼくも最初は同じ印象だった。三島から、これこそ第二の『仮面の告白』なんだから是非読んでほしいと言われた。

最初は虫明亜呂無が賞賛し、次に秋山駿が『批評』でほめていた。ところが、三島が自決した直後にこれを読んだら、こんどは嘘のようによくわかった。

肉体の言葉を学びだしてから、私は自ら進んで神輿を担ぎ、幼時からの謎を解明する機会をやうやう得た。その結果わかつたことは、彼らはただ空を見てゐたのだつた。彼らの目には何の幻もなく、ただ初秋の絶対の青空があるばかりだつた。しかしこの空は、私が一生のうちに二度と見ることはあるまいと思はれるほどの異様な青空で、高く絞り上げられるかと思へば、深淵の姿で落ちかかり、動揺常なく、澄明と狂気とが一緒になつたやうな空であつた。（『太陽と鉄』全集33・五一一頁）

三島は長い間、その陶酔から「悲劇的」に隔てられていると感じていた。

昭和三十年に彼はウェイト・トレイニングを始めている。ボディービルを始めて一年後、昭和三十一年八月の夏祭の日に、土地の商店街の若者と一緒に神輿を担いだ時に体験した勝利感がここには書かれている。『仮面の告白』では、夏祭の日、神輿を振り立てた近所の若者たちが、酔いしれているような動きで中庭になだれこんできた。

唯一つ鮮やかなものが、私を目覚《おどろ》かせ、切なくさせ、私の心を故しらぬ苦しみを以て充たした。それは神輿の担ぎ手たちの、世にも淫《みだ》らな、あからさまな陶酔の表情だつた。

肉体は集団により、その同苦によつて、はじめて個人によつては達しえない或る肉の高い水位に達する筈であつた。そこで神聖が垣間見られる水位にまで溢れるためには、個性の液化が必要だつた。のみならず、たえず安逸と放埒《はうらつ》と怠惰へ沈みがちな集団を引き上げて、ますます募る同苦と、苦痛の極限の死へみちびくところの、集団の悲劇性が必要だつた。集団は死へ向つて拓かれてゐなければならなかつた。私がここで戦士共同体を意味してゐることはいふまでもあるまい。

（『太陽と鉄』全集33・五六八頁）

だが、このような共同体を現実の世界に求めることができるはずはなかった。それは、戦時下の極限状況においてのみ成立しえたものであるにすぎない。いや、もしかすると戦時においても成立しえるものではないかもしれない。集団の全員に同苦が賦《わ》かち与えられ、だれもがひとしく栄光と死とを望んでやまないなどということがありえようはずがない。おそらく、それは、けっして「個性の液化」に達することがありえない芸術家のみがよく描きえた幻想であるのだろう。だが、その芸術家の精神から生みだされた作品である肉体は、この幻の共同体の一員になることを切に求めてやまない。そこでのみ、彼は孤立した精神の緊密な秩序の中に憩うことができるのである。

心臓のざわめきは集団に通ひ合ひ、迅速な脈搏は頒たれてゐた。自意識はもはや、遠い都市の幻影のやうに遠くにあつた。私は彼らに属し、彼らは私に属し、疑ひやうのない「われら」を形成してゐた。属するとは、何といふ苛烈な存在の態様であつたらう。われらは小さな全体の輪を以て、巨きなおぼろげな輝く全体の輪をおもひみるよすがとした。そして、このやうな悲劇の模写が、私の小むつかしい幸福と等しく、いづれ雲散霧消して、ただ存在する筋肉に帰するほかはないのを予見しながらも、私一人では筋肉と言葉へ還元されざるをえない或るものが、集団の力によつてつなぎ止められ、二度と戻つて来ることのできない彼方へ、私を連れ去つてくれることを夢みてゐた。(『太陽と鉄』全集33・五六九頁)

彼の魂がひたすら求めてやまないのは、そのような〈全体〉であった。いいかえれば、「自我滅却の栄光の根拠」としての絶対者に帰一することであった。それは「一つの世界の全体を表現しうるような、あるいは象徴しうるようなもの」でなければならない。そのような全体性は「神格天皇」というかたちでとらえられているのであるが、それはかならずしも天皇でなくても、自分を超えた絶対者であれば何でもよいのである。それが天皇というかたちで表徴される以前においても、そうした絶対の他者というのはつねに彼の前に厳然と存在しているものであった。そうした他者と自己との間をつなぐ橋を見いだすことが、彼にとっての唯一の文学的課題であったのだ。自分はこちら側におり、向こうには永遠に自分を拒みつづけている世界がある。それから隔てられてあるということは、彼にとっては耐えがたいことであった。だから、相手をこわしてもいいから、その中に没入してゆきたいと思う。それが『金閣寺』のテーマであったのだ。

私には自分の未知のところに、すでに美といふものが存在してゐるといふ考へに、不満と焦躁を覚えずにはゐられなかつた。美がたしかにそこに存在してゐるならば、私といふ存在は、美から疎外されたものなのだ。（全集6・二八頁）

三島は『金閣寺』の主人公にこう語らせているが、これは芸術家としての彼自身の存在のあり方を見事に語りつくしている言葉でもあるのだ。ある確固とした作品を形づくり、美そのものに化身することを欲するというのが彼の根本的な芸術衝動であったのである。

しかし、そういう全体性、あるいは完璧性というのは、人間の手中に落ちたときにはたちまち断片と化してしまう。この世における人間が完璧な全体性を手にすることは絶対にありえない。神としての天皇も、この場合と同じように、自分がそれから拒まれているところの〈なにものか〉であった。〈金閣寺と私〉あるいは〈美と私〉という対立関係は、そのまま〈天皇と私〉という関係に置き換えられる。天皇は私の側へ、つまり人間へと近づいて来ては絶対にならないものであった。なぜなら、天皇は神であることによってのみ、ある全体性を象徴することができ、私もまた、その天皇との関わりにおいて全体性に参与することができるからである。もちろん、そのような全体性がもはや再現不可能な幻影にすぎないことを彼も充分承知している。けれども、すべての人が死によって天皇に帰一することを願っていた、あの死の共同体ともいうべきものの中に生きることを願わずにはおれなかったのである。戦時下において、彼自身はそれに参加することを逸してしまったのであるから、よけいに、あの集団的悲劇に参与することの苦痛と恍惚を大いなるものと想像せずにはおれなかったのである。

三島由紀夫の内部においては、つねに二元操作が行なわれている。一方においてはかならず、全体性、共同性が出てくる。あるときは古典主義的な美の秩序というようなかたちで出てくることもあるし、あるいは「白馬の人」(天皇)と熱狂的な青年将校との間でかたちづくられる、幻想の共同性というかたちで出てくることもある。しかし、他方では、そうしたコスモスの全体性が幻影にすぎないということを非常に醒めた知性の眼で見ている。一方において、共同体的な緊密な秩序の中に自分をしばりつけ、全体の中に埋没したいという願望がありながら、そのくせ、他方では、何ものにもしばられない自由精神を確保していたいと欲している。彼の内には、絶対者に帰依し、全体に帰一したいという物狂わしいばかりの欲望が生きつづけている。それはいわば、幼児の母性追慕、あるいは未知の海への憧れにも似た浪漫的情熱である。

彼は芸術家としてこの世に生きるかぎり、この二元操作のいずれか一方を切りすててしまうわけにはいかない。というのは、彼の文学はもっとも知性に敵対する反理性的存在から素材をとってきて、それを知的に再構成する操作によってのみ成りたつものであり、そういう意味の「知的冒険」であったのだから。アンタゴニズム（対立関係）がなければ、彼の文学は成りたたない。つまり、それによって彼の言葉と行為、知性と情熱、精神と肉体の完全なる乖離《かいり》という、いわば生活者としての光栄を築き上げることができたのである。しかし、生涯のある時期に、これまでまるで不可能と見えていた両者の全き統一を実現しようと企てるにいたるのは、ごく自然の成行きというものだろう。道はただ一つ。精神に「終わり」を認識させ、言葉を捨てさせることである。精神が自己自身の決意において行為者に転身し、「ただ存在する筋肉」になりきることである。精神が言葉の呪縛から解き放たれた瞬間、はじめて本物の肉体を獲得することができる。言葉がこれまで彼を押し込めていた「個性の閾」を超え出て、全体と一体化する。密室の孤独から抜け出し、同苦の集団の一員となる。

集団は、言葉がどうしても分泌することができない、「あの汗や涙や叫喚」に関わっていた。さらに言えば、言葉がついに流すことがなく流させることもない「血」に関わっていた。集団の一員となり、苦痛を共にすることによって、あれほど彼を悩ませてきた〝世界への絶望的距離〟は見事に解消される。彼を拒みつづけていた世界は今や掌中にあり、「悲劇への参加」が許されたのだ。これこそ、生涯を通じ彼が憧れつづけてきたことであった。けれども、この橋を渡ることは、やがて二度と戻ってくることのできない彼方へ、つまり死へと彼を連れ去っていくことになるであろう。

かくて集団は、私には、何ものかへの橋、そこを渡れば戻る由もない一つの橋と思はれたのだつた。（『太陽と鉄』全集33・五七〇頁）

9　リゴリズムの論理

『批評』の仲間であった日沼倫太郎が昭和四十三年に急逝した。

氏は会ふたびに、私に即刻自殺することをすすめてゐたのである。もちろん買被りに決つてゐるが、氏は私が今すぐ自殺をすれば、それはキリーロフのやうな論理的自殺であつて、私の文学はそれによつてのみ完成する、と主張し、勧告するのであつた。その当人に突然死なれた私の愕《おどろ》きは云ふまでもあるまい。（中略）

私が文学者として自殺なんか決してしない人間であることは、夙《つと》に自ら公言してきた通りである。私の理窟は簡単であつて、文学には最終的な責任といふものがないから、文学者は自殺の真のモラーリッシュな契機を見出すことはできない。私はモラーリッシュな自殺しかみとめない。すなはち、武士の自刃しかみとめない。（「日沼氏と死」全集35・一八五頁）

この言葉はぼくの印象に強く残った。文学者でこれほどモラーリッシュな人間は三島しかいないのではあるまいか。カントのリゴリズム（厳粛主義）と一致するところがあると思った。

カントは幸福を原理とするような道徳を激しく論難する。幸福は僥倖といわれる場合にそうであるように、思いがけない偶然に支配されやすい。それでは意志の他律ということになり道徳法とは正反対のものになってしまうからである。カントの倫理学は自律ということで一貫していたのである。

われわれは道徳法のためにのみ道徳法を遵守すべきなのである。道徳法に対する尊敬から、ただ義務のために義務をする場合にのみ、意志は善であるといわれるのだ。

世に名高いカントのリゴリズムと呼ばれるものがこれである。

カントといえども、われわれに感覚的、衝動的な面があることを否定するわけではない。しかし、そういう自然的な傾向性（Neigung）に押しながされて日々生きているかぎり、道徳的に生きることはできない。そこで道徳法（Moralgesetz）は「これこれすべし」（Sollen）という命令の形をとる。

道徳的命令には二種類ある。仮言的命法（Hypothetischer Imperativ）と定言的命法

（Kategorischer Imperativ）である。仮言的命法というのは、いわば、一定の条件つきの命令である。「美しくあるためには節食せよ、豊かになるためには倹約せよ」といった種類の命令である。これに対し、定言的命法は無条件に妥当する命令である。それは幸・不幸には関係がなく、端的に義務を遂行することを命じるものである。「嘘をつくな」、「約束を守れ」といった無条件の命令である。

三島の『禁色』（第一部）を担当したのは、松本道子という女性編集者だった。『禁色』が『群像』に連載されていた昭和二十六年の一月から十月までの期間、松本は少くとも月に一回は三島と会った。まず第一に、三島は〆切期限を厳守した。名声ある作家たちは先週うまくはかどらなかったとかなんとか言い逃れをして、期限を遅らせるのが普通だった。が、三島は終生〆切をきちんと守った。三島はしばしば数週間前、あるいは数カ月も前から、ある日のある時間を指定するのがつねであった。そして三島はいつもぴったりその時間に、完成した原稿を手渡した。松本の言葉によれば、「病気だろうと健康だろうと、よしんばそのために死のうと」原稿を渡してくれたのである。

夜じゅう起きて仕事をし、正午に朝食をとったということを別にすれば、三島の生活の日常は小説家というよりも銀行家のそれに近い。三島は酒も煙草もほとんどたしなまなかったし、その作家経歴のどの時期にも、東京の知名作家が群がる「文士バー」の常連になったことはなかった。松本が一度三島のかくも規則正しく見える生活に驚きを表明したとき、三島はこう答えたという。「大部分の作家は頭は完全に正常で、ただ野蛮人みたいにふるまっている。ぼくは正常にふるまっているが、内側は病んでいるのさ」。

カントも日常生活は規則正しく、時間を極端なまでに守った。日課を破ったのはルソーの『エミール』を読み耽った時だけである。社交はある程度まで好み、昼飯には友人を招いて食事中四方山の話をした。婦人たちとは料理の話をするのを好んだ。夜は十時にはきっちり床についた。朝は五時に起きること、三十年間ただの一度もたがえなかった。永年の間、午後はグリーンというイギリスの商人の家で過した。夕方七時になるときっとそこを出て自分の家へ帰った。近所の人はカント教授がまだ通らないからまだ七時にならないと言ったぐらいである。

カントと三島は規則正しい生活をしたという点において相似的なのである。時間の点だけでなく、すべての点においてカントは原則をたててそれに従ったというが、三島にも同じようなところがあった。ただし、三島は夜の十二時から午前七時まで仕事をし、午前七時から正午まで睡眠をとったというところがカントと違う。カントは生涯、ケーニヒスベルクの町を出ることはなかったが、三島はたびたび海外に旅行をし、朝の船上から空を眺める。


太陽！　太陽！　完全な太陽！

私たちは夜中に仕事をする習慣をもつてゐるので、太陽に対してほとんど飢渇と云つていい欲望をもつてゐる。終日、日光を浴びてゐることの自由、仕事や来客に煩はされずに一日を日光の中にゐる自由。（「アポロの杯」全集27・五一二頁）

もちろん、すべての点でカントと三島が一致するわけはない。しかし、Sein と Sollen という二元論は三島がカントから学んだものである。カントの定言命法のなかで、もっとも重要なのは、「汝の人格およびすべての他者の人格において人間性をつねに同時に目的として使用し、たんに手段として使用しないように行為せよ」である。

この有名な命法から人格主義の思想が生まれ、阿部次郎に紹介されて有名になった。何より重要なのは、デカルトに始まる近代倫理学が個人主義倫理であったのに対し、ここには「自己と他者の間の関係性」という社会的場に向って開かれている倫理性があることである。

カントの哲学は何よりも理性の自律ということを尊重する。感情的なものが少しでもはいれば、意志の他律ということになり、道徳性とは正反対のものとなってしまう。しかし、そこに矛盾がありはしないか。道徳法を選択する自由が人間に与えられる可能性はないのか。道徳法則への没意志的従順のみがはたして理性の自律の貫徹といえるだろうか。人間精神があらゆる種類の他律を排し、自由意志の貫徹を望むならば、道徳法の命令に反する自由もあるはずではないか。

この問に対するカントの解答はじっさいに聞かなくてもわかっている。「道徳法はすべての理性的存在者の意志に対して必然的に妥当するのである。いやしくも理性的存在者の一員であるかぎり、自発的にこれに従わざるをえないだろう。ここにおいては、論理の必然性と意志の自由が完全に一致している。だから、だれも道徳法に反抗することはできないはずだ」。このように答えるにちがいない。だが、ここに働いている論理は、スピノザの哲学を連想させる。スピノザにおいては、自由と必然は同一のものであって、自己決定が自由なのである。神は自己の本性に従って働かざるをえない。スピノザは明らかに無限者的立場に移行して自由と必然の一致を語っている。カントもいつのまにか無限者的立場にたってしまっているのではあるまいか。神の意志が道徳法に従うことを命令するのでなければ、完全な意味における自由と必然の一致がいえるはずはない。彼はすでにこのとき神の存在による保証を求めていたのであろうか。

カントは霊魂の不滅と神の存在を実践理性の要請として承認した。その出発点には、道徳法の無条件な承認ということがあったはずである。普遍妥当的な道徳法の存在を手掛りとして神の存在にいたりつきながら、その道徳法の必然性が神の本性上の必然性に依拠するものであるとしたら、ここにも循環論法が働いていたということになる。いうまでもなく、カントがそのような循環論法の存在を認めるはずがない。彼はあくまで有限者的立場にたって、純粋な自由意志にもとづき道徳法（Sollen）を導き出したと確信しているにちがいない。だとすれば、道徳法を導き出す論理の必然性と自由意志が完全に一致するとはかぎらないことは明白だ。となれば、道徳法に縛られない、自由で不羈奔放な人間の存在の可能性を承認せざるをえない。

カントの『実践理性批判』の結論の一文は「それを思うことがたび重なれば重なるほど、また、長ければ長いほど、つねに新たなる、かつ、ますますいや増す感嘆と畏敬とを以て心をみたすものが二つある。わが頭上にある星しげき空とわが内なる道徳律、これである」という言葉であった。

ここには、わが頭上にある星しげき天空に対する驚き、感動、嘆息がいきづいている。さらに、わが内なる道徳法に対する尊敬の感情が生きている。ここに働いているのは、宇宙の理性と道徳法、外なるロゴスと内なるロゴスという二元論的な論理ではない。それをはるかに超えた根源的情感である。この一句はそういう根源的情感性によって深く包まれている。

この一句はカントの墓碑銘としてえらばれ、またベートーベンが彼のノートに書き写したことによってとりわけよく知られている。

三島由紀夫は昭和四十二年八月にぼくと対談した『対話 思想の発生』（番町書房）のなかで、この一句に触れて、カントがここで言っているところのものは「作品意識だと思いますね。マクロ・コスモスとミクロ・コスモスとが照応していて、そういうものの自分のなかの法則性みたいなものが作品である。だから、ぼくは作品のほうにその法則性を持ってるから、思想にはぜんぜん法則性がいらないのだな」と述べている。

伊藤　三島さんはけっきょく、思想家ではありませんからね。本質はやっぱり詩人ですよ。

（中略）

だけれども、三島さんは限界つきでは思想家であると思うのですね。それはなにかというと、否定の激しさということですね。思想の一つの面として、非常にきびしい否定が必要である。そういう点で日本の思想家というのは他人のことばを借りてしか否定しない。それに対して三島さんは、自分のことばで否定をする。そういう意味でぼくは、否定という面では三島さんは立派に思想家だと思うのですけれどもね。
三島さんの場合、肉体と精神、思想と芸術、否定面と肯定面が、別次元をかたちづくっていますが、哲学の場合はそうはいかない。否定性の極限において肯定に転じ、マイナスがプラスに転化する一瞬を定着化させなければならない。思想においては、たんなるネガティヴィテート（否定性）に安住していることは許されないのです。けっして究極的には与えられない全体性の肯定を否定性の極限においてもとめなければなりません。（中略）
三島 それは、あたかも宗教と芸術との関係に似ていると思うのですけれどもね。フランソワ・モーリヤックが小説を書くときには、彼はカソリックだけれども、けっしてカソリックのお説教を書かない。つまり、もうちょっとで恩寵があらわれる、もうあと一行書けば神があらわれるというところでやめるでしょう。それで、テレーズ・デケイルゥが最後に、夫を毒殺したあとで、パリのキャフェに出てきて、一人でたばこをふかしている。あれは、あのどん底からもう一ページ書けば、あそこで神か恩寵が出てこざるをえないのですね。そこへ人間を連れていくのが芸術だということを、モーリヤックはよく知っているんですね。
ぼくの場合でもそうですね。つまり、思想はネガティヴであっていいんで、それを積極性、あるいは肯定性へ転化するものは芸術のなかにはないのだ。だから転化したらウソになっちゃう。絶対に転化する寸前でやめておくということですね。（中略）

伊藤 ハイデッガーが、未来の哲学はもはや学問じゃない、詩だ、なんていうことを言いますね。だから、いま非常に哲学と詩というものは近づいてきているわけですね。

三島 そうですね。しかし、世界否定によってしか世界を包括できない。ということは、つまり人間にとって全体性が許されていないということになるんだな。(中略) 全体の円みたいな、そういう完全な全体性というものは、どうしてとらえることができないのだろう。人間精神はどうなっているんだろう、知性は。

伊藤 だから神になりえないということ……

三島 つまり、自分の似姿しかとらえることができないということ。

伊藤 そういうことですね。(中略)

三島 男と女でもそうで、ヘルムアフロディトゥス(両性具有人間)なんか発明されたのは、あれは、ヘルムアフロディトゥスにならなけりゃわからない感覚で、絶対こっちから見たらその感覚になりようがないだろうと思う。とにかくあらゆる人間は男か女だから、だからヘルムアフロディトゥスというものは、一つの象徴的な世界として、だれにも体験できない世界だよね。(中略) つまり、絶対体験不可能な世界、それがネガティヴにとらえられた世界の全体像だと思うのですよ、ぼくは。(中略)

伊藤 三島さんの場合にぼくが非常に面白いと思うのは、いつでも二重の操作があると思うのですね。一方において共同体的な緊密な秩序のなかに自己をしばりつけ、全体のなかに自己をとけこませてエクスタシーを味わいたいというひりつくような欲望がありながら、一方では、何ものにもしばられない自由精神を確保していたいという願望もある。そういう相反するものがいつでも三島さんのなかにあるんじゃないでしょうか。

三島　ええ、ありますね。ただ醒めているだけではつまらないしね。それから、もし没入するんだったら、その瞬間、死ななけりゃウソでしょうね。でも作家というのは、いつの世にだってその作品によって死ぬことはない。

10　戦友への鎮魂歌《レクイエム》

昭和二十年二月、平岡家に赤紙が飛び込んで来た。

前年の五月に、「私のやうなひよわな体格は都会ではめづらしくないところから、本籍地の田舎の隊で検査をうけた方がひよわさが目立つて採られないですむかもしれないといふ父の入知恵で、私は近畿地方の本籍地のH県で検査をうけてゐた。農村青年たちがかるがると十回ももちあげる米俵を、私は胸までももちあげられずに、検査官の失笑を買つたにもかかはらず、結果は第二乙種合格で、今又令状をうけて田舎の粗暴な軍隊へ入隊せねばならないのであつた。母は泣き悲しみ、父も少なからず悄気《しょげ》てゐた。令状が来てみるとさすがに私も気が進まなかつた」（『仮面の告白』全集1・二七三頁）

公威《きみたけ》（三島の本名）の徴兵検査は平岡家の本籍地兵庫県印南郡志方村（現・加古川市）で行なわれた。

平岡父子は検査場のある町に着いて知人の家に一泊することになったが、

工場で引きかけてゐた風邪が行きの汽車の中で募つて来、祖父の倒産以来一坪の土地もない郷里の、昵懇《ぢつこん》な知人の家に到着すると、はげしい熱で立つてゐることも叶はなかつた。しかしそこの家の手厚い看護と、なかんづく多量に嚥《の》んだ解熱剤が利目をあらはしたので、私は一応威勢よく人に送られて営門をくぐつた。

薬で抑へられてゐた熱がまた頭をもたげた。入隊検査で獣のやうに丸裸かにされてうろうろしてゐるうちに、私は何度もくしやみをした。青二才の軍医が私の気管支のゼイゼイいふ音をラッセルとまちがへ、あまつさへこの誤診が私の出たらめの病状報告で確認されたので、血沈がはかられた。風邪の高熱が高い血沈を示した。私は肺浸潤の名で即日帰郷を命ぜられた。

営門をあとにすると私は駈け出した。荒涼とした冬の坂が村のはうへ降りてゐた。あの飛行機工場でのやうに、ともかくも「死」ではないもの、何にまれ「死」ではないもののはうへと、私の足が駈けた。（全集1・二七四頁）

父梓は『倅・三島由紀夫』（文春文庫）で次のように書いている。

軍医の診断では「ラッセルがひどく、まあ結核の三期と思う」とのことでした。これは帰京後名医の診断によると、風邪の時の高熱が誤診されたもので、肺には何の異状もなし、と判り、ホッといたしました。
それから別室で軍曹から、「諸君は不幸にして不合格となり、さぞ残念であろう。決して気を落さず今後は銃後にあって常に第一線に在る気魄をもって尽忠報国の誠を忘れてはならない」云々と長々とした訓示を受けました。（中略）
門を一歩踏み出るや伜の手を取るようにして一目散に駈け出しました。早いこと早いこと、実によく駈けました。どのくらいか今は覚えておりませんが、相当の長距離でした。しかもその間絶えず振り向きながらです。これはいつ後から兵隊さんが追い駈けて来て、「さっきのは間違いだった、取消しだ、立派な合格お目出度う」とどなってくるかもしれないので、それが恐くて恐くて仕方がなかったからです。（中略）
駅に着くと、汽車の入って来るのをやきもきしながら待っておりました。汽車に乗るとやや落着きを取戻し、段々と喜びがこみあげてきてどうにもなりませんでした。うしろに去って行く季節柄殺伐な沿線の田園風景もまんざら捨てたものでもなく見えてくるし、駅に停まっても、駅長の立姿そのもの、駅弁売りの動く姿そのものが、じかに何ともうれしい存在に見えてくるのです。何でもかんでも万物これうれしい存在に見えて仕方がないのです。

（中略）ただ帰ってから茶の間で飲んだまず一杯のお茶は、正気でおいしかったことは忘れられません。自宅には伜が出発の前作って密かに母の部屋に置いて行った遺書と切り爪が、家内の手もとにありました。緊張が解けるに従い、みんな次々と陽気になる一方でした。家内は家中さまよい歩くウロウロ喜び、次男は附和雷同喜び。あらゆる喜びが呼び集められました。次男は、「あのときのお父様の喜びようはなかった。有頂天とはあのことだろう。何を言ってもてんで上の空でお話にならなかった。人間ってあんなに喜べる動物なのかな。また出発のとき玄関先でのあのお母様の狼狽したありさまも忘れられない」（中略）

さてその帰って来た時の各人の表情ですが、肝心の伜のその時の表情だけは僕はどうしても思い出せません。（『伜・三島由紀夫』、六九―七一頁）

それも当りまえのことだろう。本人が家族と一緒にはしゃぎまわって喜ぶこともできないが、さりとてやっと軍隊から逃げだしてきたことをひそかに喜んでいる人間が自分の運命を悲しむこともできるわけがない。彼は自分の死から遁走してきたという事実にとまどっていたのである。『仮面の告白』の本文にもどる。

何だつて私はあのやうにむきになつて軍医に嘘をついたのか？　何だつて私は微熱がここ半年つづいてゐると言つたり、肩が凝つて仕方がないと言つたり、血痰が出ると言つたり、現にゆふべも寝汗がびつしより出た（当り前だ。アスピリンを嚥《の》んだのだもの）と言つたりしたのか？何だつて私は、即日帰郷を宣告されたとき、隠すのに骨が折れるほど頬を押して来る微笑の圧力を感じたのか？　何だつて私は営門を出るとあんなに駈けたのか？　私は希望を裏切られたのではなかつたか？　うなだれて、足も萎《な》えて、とぼとぼと歩かなかつたのは何事か？

　軍隊の意味する「死」からのがれるに足りるほどの私の生が、行手にそびえてゐないことがありありとわかるだけに、あれほど私を営門から駈け出させた力の源が、私にはわかりかねた。私はやはり生きたいのではなからうか？　それもきはめて無意志的に、あの息せき切つて防空壕へ駈けこむ瞬間のやうな生き方で。

　すると突然、私の別の声が、私が一度だつて死にたいなどと思つたことはなかつた筈だと言ひ出すのだつた（傍点、引用者）。この言葉が羞恥の縄目《なはめ》をほどいてみせた。言ふもつらいことだが、私は理会した。私が軍隊に希《ねが》つたものが死だけだといふのは偽《いつ》はりだと。私は軍隊生活に何か官能的な期待を抱いてゐたのだと。そしてこの期待を持続させてゐる力といふのも、人だれしもがもつ原始的な呪術の確信、私だけは決して死ぬまいといふ確信にすぎないのだと。……（全集1・二七五—七六頁、傍点著者）

　ぼくは『仮面の告白』という文句なしの傑作をおそらく三十回以上読んだことだろう。それなのに、この作品でもっとも重要なのは今読んだ一連の長い文章であることに今はじめて気づいたのである。ここには三島が秘し隠してきた重大な秘密が念入りに人に気づかれないような策略をほどこした上で語られている。

私は一度だつて死にたいなどと思つたことはなかつた。（全集1・二七六頁）

これが彼の素直な、ありのままの真実なのである。ザイン（真実）の表現としてはこう言わざるをえない。

この真実を隠すために「軍隊生活に何か官能的な期待を抱いてゐた」なぞと言ってみる。澁澤龍彦ならこういう言葉で喜ばされたかもしれない。しかし、ぼくは欺されない。太平洋戦争の末期に、あの苛烈な殺し合い戦争にどのようなエロス的満足がえられようか？　まじめに考えればそれがたわごとにすぎないことはすぐわかる。彼の戦友になるはずだった、志方村の出身者たちはほとんどフィリッピンの最前線で一人のこらず戦死したはずである。卑怯にも彼一人が青二才の医者をだまして営門を出て、四〇度の熱があったはずの男が父親と一緒にひたすら駈けぬけていったのである。自分だけは皆殺し戦争に駆りだされて死ぬのはいやだ、おれはまだ文学作品を書きつづけて、一流の作家になってみせるぞ。死んでたまるものか。これが彼のザインであった。しかし、自分が裏切った戦友たちには慙愧《ざんき》に耐えない気持だった。この時期はいろいろな仕方で死にたいと考えていた。

たとえば、ラディゲのように二十歳の天才少年として死ぬことが三島の夢だった、とか。だれでも戦争中は死を考えるものだ。ぼくも戦争末期（中学生）、死ぬまえに哲学論文を書き上げることだけはやっておきたいと思った。純粋意識学の基礎体系というフンパンものの原稿を書いた。

平岡公威の弟の千之さんは、軍医といえどもちゃんとしたお医者さんなんだろうからそう簡単にだまされるわけがない。「この人は特別な秀才のように思える。生き残ったら新生日本のために大きな仕事をする人にちがいない」と考え、そこを見抜いて特別な配慮をしてくれたにちがいない。そういう意見を語っていた。おそらくそうだろうと思う。一人前の医者が気管支のゼイゼイという音をラッセルと間違え、風邪の高熱が高い血沈を示していたからといって肺浸潤と断定したのはどうもおかしい。しかし、真実がどうであったかはだれも責任をもって言えることではない。

三島は、このときから英霊たちの御霊を慰めるためにいつかは死ななければならないという観念にとりつかれたのである。このときから、ザインからゾルレン（しなければならない）の論理に転換していく。しかし、彼は文弱のヨワムシだったから、ただ一人で斬り死にすることも切腹することもできない。自分の死ぬときのために戦士共同体がどうしても必要であった。そこで「楯の会」を作り、自衛隊に体験入隊させてもらって、三島は彼らと戦士共同体を作り、一緒に日々訓練にはげむ。

ぼくは今、三島さんと初めて会った時を回想している。三島さんは三十歳、ぼくはデカルト論を書いていたときで、二十五歳の東大哲学科の大学院生だった。彼はまだボディービルを開始したばかりのときだった。いかにも文士らしい風情で、後輩であるぼくを何とかして引きたててやろうとするヤサシサにみちていた。気品があり、親切で、はげましてやろうとする態度で接してくれたから、それほど緊張させられる場面はなかった。ペデラスティに興味があるらしいと察して、たくさんの美少年たちからのラヴ・レターを見せてくれた。「どうだ、これなんか可愛らしいだろう」と同封された写真を見せてくれた。ペデラスティについて書きたいなら、これは非常に珍しい性倒錯の研究書で、J・A・サイモンズという世紀末の古典学者の本だが、一寸読みにくい古い英語で書かれているけど君なら読みこなせるだろうとすすめてくれた。Private printed（私家版）とあるように大変な稀覯本だから君に上げるわけにはいかない。半年以内に読了してかえして下さい。彼は約束を守ることを大切にしている人だから少し緊張した。これを読んだら、ギリシャ的愛からはじまる思想史を書きたいという野心が生まれ、昭和四十年に『愛の思想史』（紀伊國屋新書、現在は講談社学術文庫）を完成させ、三島さんにも献本した。「見事に整然と、書く必要のあることは全部書かれている。良い本だ」と言ってくれた。澁澤龍彦さんにも献呈した。「フロムよりもマルクーゼに共感する君の考えに共感しました」ということが折り返しもらった手紙に書いてあった。一度、新宿ででも会おうかという話がでて時間を約束した。ちょうどそのころ、三島由紀夫と四谷の福田家で対話の本を作った。

少し想い出話になって申し訳ない。

このへんで結論的なことを書いておこう。

ぼくが初めて例のアポロン像のある三島邸に招待されて行ったとき、レミ・マルタンのエクストラを飲みながら、ニーチェの『悲劇の誕生』の話を熱意をこめて話し出したのであるが、三島さんがずいぶん昔読んだこの本を暗記しているのには驚かされた。

「個体化は悪の根本原因であり、芸術とは個体化の束縛を破りうるという喜ばしい希望のことであり、融合帰一をあらためて回復することへの予感である」というニーチェの言葉こそ、三島が最晩年に目指していたことそのものではなかろうか。もっとも、彼の場合、芸術によってではなく、肉体的な共苦による融合帰一を目指していたという違いはあるけれども。

「生よりも死が望ましい」というのがアポロン神学の根本テーゼであった。プラトンの描くソクラテスはこの謎めいた言葉を哲学的に解こうと努力した。

『パイドン』の中には次のように書かれている。

一体、死とは魂の身体からの離脱ではないのか。魂が身体から離れて独立状態にあることではないか。(64C)

哲学とは死の訓練、練習(メレテー・タナトゥー)である。(81A)

三島が楯の会のメンバーと一緒に死の訓練にはげんだとすれば、それはきわめてプラトン的であったといえるかもしれない。

よく人は思想のためには死なないというが、まさに彼はそのために死んだ。少なくとも、〝檄〟の文章を信ずるかぎり、そう考えるよりほかない。そのために死ねるぐらいだから、彼の政治思想はかなり本気だったのだ。こういう幼稚な論理によって、彼の右翼的急進思想にはこれまで半信半疑であった文学者たちまでが、事件以後、「やはり彼は本気だったのだ」と認識を改めてかかろうとする。しかし、それは全く見当ちがいもはなはだしい。彼はイデオロギーなんかには無関心だった。

ジョン・ネイスンの指摘しているところだが、『太陽と鉄』の文脈には、「憲法も天皇もいかなる社会的なものも、まったく現われることがない」ということに注意すべきであろう（『新版　三島由紀夫――ある評伝』）。三島はいかなるイデオロギーの実現もいかなる有効性も期待してはいなかった。ただ、フィリッピンで自分と一緒に死ぬはずであった仲間たちのところへ死の扉をくぐりぬけて会いにいかねばならぬ義理があると考えていたと思われる。霊となって死霊たちに会えるものかどうか、実際にやってみるしか道はないのである。

中村光夫との対談（昭和四十二年）の中で、「いま文学者と称する九割までは、自分が作り上げたイリュージョンに振りまわされているが、そういう時代に自分で自分のイリュージョンに迷わされないためには、自分のイリュージョンを意識的に操作していかねばならない」、こう語ったあとで続けていう。

ただイリュージョンをつくって逃げ出すという気は毛頭ない。どっちかというと、ぼくは本質のために死ぬよりイリュージョンのために死ぬほうがよほど楽しみですね。(『対談 人間と文学』)

西郷隆盛も、乃木大将も自分のイリュージョンを完成させるために死んだ。人間にはそういう死に方に対するやみがたい欲求がある、と主張するのである。ということは、つまり、三島由紀夫自身も「イリュージョンの完成」のために自決したということになるだろう。おそらく、イリュージョンそのものに魅かれて、魔に誘われたように死んだものではなかろう。あくまで冷静で、緻密な論理の計算が働いていたにちがいないのである。ただし、その論理は、日常性の論理ではなく、彼の特異な内面世界にのみ通用するアイロニカルな論理であったのである。

もし自分が天皇を信じていない、しかし天皇のために死ねと言われたらどうするかというときなど、これは戦争中のわれわれ全部の問題だろう。ところが自分の信じていないもののために死ぬというアイロニーは、とっても魅惑的なアイロニーなんだよ。それを証明する方法は、口で百万遍言ってもだめなんだよ。自分が「天皇陛下万歳」と言って死ななけりゃだめだよ。そして、自分が天皇陛下万歳と言って死ねば、そのアイロニーは完結するんだよ。ぼくは半ば無意識だったが、戦争中にそのドラマを知っているわけだ。あなたもそれは知っているね。そのドラマの持っているへんな魅惑みたいなものは、ずっと戦後残っているし、それはやっぱり生き残りなんだろうね。それは思想と行動との関係で、いつもくりかえされるドラマで、ソクラテスが毒を飲んだときに、思想のために忠実に毒を飲んだかどうか非常に怪しいものだ。（中略）ソクラテスが毒を飲むときには思想のために殉ずると思っていたかどうか、そんなものはたんなる心理の問題でぼくはなんにも興味はない。少なくともソクラテスはアイロニーを完結した。そういうふうに人間の生涯というのをみるんですね。（三島由紀夫・伊藤勝彦『対話　思想の発生』）

最初、三島との対話の中で、これは彼が言っていることの中でもっとも大事なことであるにちがいないと思った。しかし、何か抽象的でわからないところがあった。『仮面の告白』の後半部で、兵役に召集され本籍地の兵庫県の田舎で検査を受けたが風邪の高熱が高い血沈を示した。三島は肺浸潤の名で即日帰郷を命じられた。営門をあとにすると彼は駈け出した。ともかくも死ではないものの方へ四〇度も熱のある人間が、必死に荒涼とした冬の坂道を駈けて行った。ともかくも「死」ではないもののほうへと彼の足が駈けた（全集1・二七四頁）。

何だってあのようにむきになって軍医に嘘をついたのか。どうしてか。彼は一度だって本気で死にたいなどと思ったことはなかった。

しかし、この時、検査を受け、合格した兵庫県の志方村の青年たちは、フィリッピン戦線でほとんど戦死してしまった。彼だけが嘘をついて戦線離脱した卑怯者なのである。彼は罰せられなければばならない。卑怯者でなくなるためには、自分も天皇陛下万歳と言って死ななければならない罪人なのである。

三十五年間三島の死の謎を探りつづけてきて、やっと結論に到達した。死にたくはなかった。けれども死ななければならないというゾルレンには充分の理由がある。だから、彼は遅れて戦線にやってきた武士として、いや一兵卒として戦死するのだ。

三島はきっとこういう覚悟でいたにちがいないと思う。

エピロオグ

「哲学者の三島由紀夫論とは大きく出た」といわれるかもしれない。しかし、哲学者というのは、かならずしも筆者を指す言葉ではない。この本には、プラトン、デカルト、スピノザ、カント、ニーチェなど、さまざまの哲学者の所説を紹介するところがある。筆者の言いたいことは「三島にとってはザインではなくゾルレンこそが問題なのだ」ということにつきるから、三島の死自体が哲学的であるといってもいいという発想からこの題名をつけたのである。三島はどちらかといえば弱虫で、死ぬことがものすごく怖いというところがあった。それにもかかわらずなぜ死んだかというと、死ななければならない必然性があると考えていたから死んだのである。きわめて冷静に、緻密に、あらゆる不測の事態にも対応できるように準備された計画的な死であった。もちろん、憂国の死だといってもよい。

では何故三島は世間騒がせな切腹自殺をしたのか。その理由は約束を果すためとぼくは考える。三島が約束を果すことをどんなに大切に考えていたかは本文で書いた。三島は一緒に召集されるはずであった人たちとの間の黙契という仕方で、いずれ自分も武人（軍人）らしく、切腹して死ぬことを約束していたとぼくは考える。


あれほど私を営門から駈け出させた力の源が、私にはわかりかねた。私はやはり生きたいのではなからうか？ それもきはめて無意志的に、あの息せき切つて防空壕へ駈けこむ瞬間のやうな生き方で。

すると突然、私の別の声が、私が一度だつて死にたいなどと思つたことはなかつた筈だと言ひ出すのだつた。（『仮面の告白』全集1・二七六頁）

しかしながら、こうした種類の疑問には完全に明々白々たる一つの答えがある。『仮面の告白』の語り手が（そしてまた公威が）望む「天然自然の自殺」、予定調和のうちに定められている美的な死は、幻想における死でしかない。が、帝国軍隊はうんざりするほどの現実であり、したがって兵隊としての死は、暴力的な、野卑な、そして論議の余地なく凡庸な、現実としての死である。それは忌わしく、また怖ろしい。三島がほんとうに軍医に嘘を吐いたのかどうかを知ることは不可能である。が、三島が現実の死の脅威に対する「きはめて無意志的」な反応として、そうしたかもしれないことはほとんど確実である。（ジョン・ネイスン、前掲書、傍点原文）

ところで、このように死ぬことが怖く、小心者の三島が戦友との約束を守って切腹したとどうしていえる。三島は日沼とのやりとりとの関連で、「私はモラーリッシュな自殺しかみとめない。すなはち、武士の自刃しかみとめない」とはっきり宣言している。もう決めてしまっていた。それはいろいろの人に約束したということがある。その中には、戦友との約束もはいっている。いまどき珍しいほど、三島は道義的に自分に厳しいところがあった。もはや逡巡《しゅんじゅん》するときではない。いつ、いかなる仕方でやるかということだけである。彼は非常に冷静に事をすすめて行った。立派な最期であった。それしか言うことはない。

第二章　森有正の「経験」と二項関係

1　経験と私

森有正は、我国では希有な詩人哲学者であった。ということは、哲学者であると同時に文学者であったということである。

今日の哲学界の主流は、どちらかといえば科学哲学である。宇宙を機械論的因果の論理だけで解明できると考える人が多いのである。パスカルが「この果てしない空間の永遠の沈黙は私をおののかせる」（『パンセ』B二〇六）と言ったとき、哲学が生ける自然、深い宗教性という共同性の場から抜けだしてしまうことがどんなに恐ろしいことかを予言していた。そのことをもはや忘却してしまったのであろうか。ここに哲学の退廃の始まりがある。

大森荘蔵はこのように等質化された科学を一つの虚構作品、つまり科学物語にすぎないと断定した。もともと哲学と文学は同根であり、ホメロス神話の比喩や象徴を借り、豊かなアナロギア（類比）的な世界をくりひろげる手法がプラトン哲学の対話篇に一貫していた論理であった。いいかえれば、文学作品に基本的なアナロギアの論理の喪失が哲学の衰微へとつながっていったのである。

森有正は一九七六年十月十八日、パリのサルペトリエール病院で客死した。スピノザにかんしていわれた言葉をそのまま使えば、三十年という歳月のあいだに、森有正は〝死んだ犬〟のように忘れ去られてしまったのである。ぼくは二〇〇〇年の四月、「ちくま学芸文庫」の一冊として『天地有情の哲学』という題名の森有正と大森荘蔵を論じた本を出した。これを読んだ読者の中には、同じ書店のシリーズから最近出された『森有正エッセー集成』全五巻（筑摩学芸文庫）を買いに走った人もいたようである。それどころか、『森有正全集』全十四巻（筑摩書房）を探し求めて手中に収めた人もいる。何という嬉しいことだろう。現代の若者から見ても森有正は深遠であると同時に新鮮なのである。ある有名出版社の編集者は、「森有正ねえ。あれは近代だから駄目ですよ」と言った。何という無神経！　われわれはまだ近代にとりつかれているのである。〝現代〟は、いかにして近代を超克するかという課題に直面して苦悶する最中《さなか》においてひらめき、予感するという形でしか存在しない。

森有正はデカルト、パスカル、ベルグソン、サルトルなどの近代精神と対決することから思索を開始した。しかし、同時に、ミシェル・フーコー、ジャック・ラカン、レヴィ＝ストロース、ジャック・デリダなど近代との決別を目指した思想家たちを真剣に研究していた。森有正以上に近代を超えて現代にいたる道をひたすら探求してきた思想家がはたしているだろうか。

日本のマスコミや読書人はあまりにも軽佻浮薄である。ラカンやデリダやミシェル・アンリなどの作品は原文を熟読玩味しなければ全く理解不可能な書物であるのに、一刻も早く新しがりやの読者の手にとどくように、複数の訳者が訳語を統一する手続きさえもはぶいて、超難解な訳文を作りあげ、それらを次々と出版する。読者は待っていましたとばかりにそれらに飛びつくが、最後まで読み通すことができた人は稀《まれ》なのである。

ベルグソンは「明晰でないものはフランス的でない」と言った。現代のフランスの現象学者はフランスの美しい伝統を見捨てて、ドイツの難解であると同時に晦渋《かいじゅう》な現象学に熱中している。日本の知識人は、昭和の初年代の先駆者たち以来の現象学研究の長い蓄積と研究伝統があるにもかかわらず、それらを一顧だにせずに、フランス経由で現象学を輸入し、これこそ現代の新思想だと自己満足している。

なぜ日本の哲学研究者や知識人は日本の哲学者の真摯《しんし》な研究伝統を一顧だにしないのだろうか。ドイツ人のP・ペルトナー、J・ハイゼは『日本の哲学』(P. Pörtner und J. Heise, Die Philosophie Japans, *Kröners*, no.431)のなかで、西田幾多郎(一八七〇—一九四五)、和辻哲郎(一八八九—一九六〇)、九鬼周造(一八八八—一九四一)とならんで、森有正(一九一一—七六)を日本の哲学界を代表する思索家としてあげている。森有正が三十年近いフランス滞在において、日本語とフランス語を対比しながら、日本人が西欧の哲学を輸入するためには致命的な欠陥となるような先入観を植えつけられていたことを見事に分析している。

2　二項関係

西欧語では、三人称で語られた「ここに李朝の壺がある」という命題は、それを語っている一人称の私とも、語りかけている二人称の汝ともさしあたり関係のない、それ自体独立した事実にすぎない。ところが日本人が同じことをいう場合、語りかけられている汝が高貴な人である時には、「ここには李朝時代に造られた壺がございます。どうぞ手にとってごらんになって下さいませ」といった人間関係の現実が事実命題の中にはめこまれている。相手が幼児である場合には、「ここにあるのはお父さんにとって大切な壺なんだからね、さわっちゃだめだよ」という現実が嵌入《かんにゅう》されてくる。

ヨーロッパの事実命題は国籍を離脱している。無国籍的であるのみならず、性の区別も抽象されている。ところが日本語の表現では、「それはネックレスですね」、「アラ、ネックレスじゃないわよ、ブレスレットよ」というように性別もはいりこんでくる。「これ」は「あれ」に対して、話者の近くにあるもの、あるいはこれから話者が言及しようとするものを指しており、文中に現われた、あるいは少くとも文中に合意された名詞に代るものではない。そもそも事実命題が生活空間から独立した意味の体系として成立していないのである。

二人の人間が内密な関係において構成し、その関係そのものが二人の人間の一人一人のあり方を規制する二項方式がすべての現実命題の背後にしらずしらず前提されているのである。

和辻哲郎氏は、日本人において、もっとも著しい私的存在の形は（孤独な実存ではなく）「間柄的存在」であると言い、それはただ一人の相手以外の凡ゆる他の人の参与を拒む存在である、と言う。一人になるという「経験」を日本人はほとんどもつことがない。和辻氏はそれが不可能であるという。いずれにしても「二項関係に入った自他は、互いに相手に対して秘密のない関係を構成する。（森有正全集12・六八頁）

我国において、子供の躾《しつけ》の欠如が問題になってから久しく、現在では問題の存在そのものすら忘れられかけている。子供に対する唯一の合理的な態度は子供を「理解」することだと思っている。（中略）子供は未完成なもの、端的にいって「悪いもの」である。子供は可愛らしいなどと言っているが、仔犬でも仔猫でも小雀でもその意味では可愛らしいではないか。それが少しでも優しい言葉でも言おうものなら、もうたまらないのであろう。（中略）他人が親子の情を理解し、それに感動する。全く余計なことではないか。こういうことはヨーロッパの社会では努めて避けられる。そして躾の本態は、こういう内密の感情を他人の前に持ち出さないことであり、殊に子供に対してそれが要求される。こういうことは、親子の直接関係の中でのみ存在し、それ以外の場所では、無意味であるどころか、「我儘《わがまま》」であり「甘え」であり、「嗜《たしな》みの欠如」であると見做される。（中略）今日の我が国のように、栄養がよくて、服装がきちんとしていて、マナーをよく心得ながら、そういう根本的な点に盲目で、阿呆同然な親子が横行する社会はまことに見苦しいものである。（中略）それは稚い子供から学生にまで及ぶ非常に重大な問題で、正直なところ私は殆んど絶望的である。（全集12・七一―二頁）

長い引用になってしまったが、森有正の、現代日本における個の不在からくるモラルの退廃についての厳しい批判は、まさに現代においてこそそのまま当てはまるもので、森有正を過去のものとし、忘却の世界へ追いやってしまった知識人やマスコミがどんなに無知蒙昧であるかを今になって思い知るがいいとぼくは思う。

森有正はしばしばぼくに「絶望」という題名の小説を書きたいと言っていた。しかし、その企画は実現しなかった。学位論文として東大に提出されるはずの『パスカル研究』も、『デカルトにおける時間と瞬間の問題』も未完のままに終ってしまった。しかし、彼の最も重要な文学作品である、旧約聖書のアブラハムの生涯にちなむ『バビロンの流れのほとりにて』、『城門のかたわらにて』、『砂漠に向かって』、『荒野に水は湧きて』（未完）は、それだけでも近代日本の最も重大な文学作品の一つであると自信をもって言うことができる。それはプルーストの『失われし時を求めて』に比肩しうる大作であるといえるだろう。

3　経験の哲学

森有正の哲学はきわめて独自な経験の哲学であった。人間はだれもが「経験」を離れては存在しえない。だが、ある人にとっては、その経験の中にある一部分が特に貴重なものとして固定し、その後のその人のすべての行動を支配するようになる。すなわち、経験の中にあるものが過去的なものになったままで、現在に働きかけてくる。それが体験だ。それに対して経験の内容が、たえず新しいものによってこわされて、成立し直していくのが経験である。

本当の経験というものは、本質的には提示が出来ないものであって、それにある「名」をつけることができるだけである。だから、それを定義し、表現するにはどうしても象徴的な道を採らなければならないのである。彼は直接に提示可能なすべてのものを体験とよび、経験と厳密に区別するのである。たとえば、デカルトを懐疑へと導き、コギトへともたらした根本的経験というものは体験的なことばでは表現することはできない。それは内からの促し、あるいは神の召命というような象徴的なかたちであらわれてくる。それを自己の体験で理解しうるものにしてしまえば、何一つデカルトを理解したことにはならないのである。

「デカルト的近代」というのは、大多数の知識人にとっては観念的にしか理解されないものであった。「一つ一つの言葉や観念に、ほとんどわずらわしいくらいに具体的な経験が裏打ちされていなければならないことがわかってきた」。そんなことをいちいち考えていたら、次々に新思想を輸入してくることなどできなかったろう。自分が何者であるか。それは自分自身ではわからない。「そういう自分は外国人という鏡を通して知るほかはないのである。これは外国人の意見を聞いて自分のことを知る、という依他的なことでは絶対にない。これは外国人に映った自分を自分で見、自分で判断するのである」（全集3・四二頁、傍点著者）。

森さんは自分の経験が成熟するにいたるまで一歩もこの地を離れまいと決意した。そんな決意を日本的な常識が理解してくれるはずがない。南原総長までがパリまでやってきて、東大に帰ってきてくれといったが、これを断わった。信頼していた友人が一人、また一人と離れていった。彼は孤独の中でじっと耐えつづけた。

なぜ、森有正が日本における地位を失い、家族からも見棄てられてもフランスにいつづけたのか。その理由はもはや明らかである。

森有正はパリに来て、感覚のめざめということを経験した。つまり、幼年期にのみ味わうことができた〈もの〉との原初的な触れあいの感覚がまた鮮やかに蘇ってきた。彼は感覚の原点に立ちかえって、そこから始めて表現に達し、思想を生みだしていく道を探索しはじめる以外に、ここにおいて生きる道はないということを悟った。幼年期に形成された異常なばかりに鋭敏な感覚圏がはっきりと具体的な〈かたち〉をとってヨーロッパの風物と結びつき、この促しによって形造られた「経験」から自然に迸《ほとばし》りでてきた観念を言葉にすることができるまで、どこまでも精進しようと決意していたのである。

経験そのものは、自分を含めたものの本当の姿に一歩近づくということ、更に換言すれば、言葉の深い意味で客観的になることであると思う。文学者や芸術家の創作活動というものは、こういう意味の経験の極致である、と思うし、それはある動かすことのできない構造をもった認識であると言える。（「ひかりとノートルダム」全集3・五一頁）

森有正は、日本の近代化が甚だ歪められたものであると考えている。だから、その歪みを正し、民主主義の根幹にある近代的自我の確立を自分の経験の深まりにおいてなしとげようとした。それは日本の現実にはまったままでは絶対になしとげえないことであった。そして自立した個我の確立なしに、それをつきぬけた先にある現代に立つことはできない。森有正はまさしく例外者であった。デカルト的近代をその究極にいたるまで歩みつづけ、その果てに現代にいたる隘路《あいろ》を探りあてた人であった。少くともぼくの眼には、そういう人間像がはっきりと映しだされているのである。

第三章　三島由紀夫と森有正

1　道徳的ストイシズム

森有正の一九七〇年十一月二十八日の日記に、三島由紀夫の死のことが書かれている。

三島由紀夫の自殺。芥川龍之介の引き写し。その点について思い違いすることがどうしてできようか。……彼のいう「超国家主義」などに惑わされてはならない。これも三島由紀夫一流の作り話なのだ。同じ問題、相も変らず同じ問題なのである……。判《は》っきりとは言い難いのだが、何かあるものが魂の活力を枯渇させる方向に絶えず働き、……その結果、切腹だけが生きることのできる唯一の形と映ったのである……。この残酷さに誰が耐えられよう。（森有正全集14・一六二頁）

> 三島由紀夫の死が念頭を去らない。彼が死を決意した、そのことを理解しなければならない。肝要なことは彼の行為の意味を明瞭に把握することだ。つまり、それは自らの主観の内に生きようとする者に残された唯一の道であった。他の出口は凡て、僕が日本思想の講義で強調した二項関係によって塞がれているのだ。冒険の道は凡てこの結合関係によって芯まで腐り、塞がれている。（全集14・一六三頁）

三島は晩年においてあまりにも無理をしすぎた。森有正が、「彼のいう〝超国家主義〟などに惑わされてはならない」というのは、まさしくそのとおりである。三島はまわりの男たちを撹乱《かくらん》するために、あまりにもたくさんの作り話を作りすぎた。彼はもはや言葉によっては何ごとも解決できない地点においこまれた。言葉は真実を語るようにみえても、いつのまにか事実を逆転させ、自分に都合のいいことだけを言いつのるばかりである。とりわけ、文学者は事実を語っているようにみえても、もともと、フィクションを作る専門家だから、虚構しか生みだすことができない。

三島は、生涯の最後に、文学者であることをやめて、武の人として行動しようとした。しかし、それは彼にとってはとりわけ容易なことではなかった。というのは、もの心のついたころから、彼はすでに詩人であった。生きることは虚構《フィクション》を制作すること以外の何ものでもなかった。ボディービルで肉体を鍛えることに専念し、上半身だけは筋骨隆隆たる外観を呈していても、もともと自意識が作りだした肉体だから、よく観察してみれば、繊弱で、観念的な作り物にしか見えないのである。

この世に生きているかぎりは、悲劇の制作者でしかありえない。戦後の彼の究極的な人生の最終目的地点である〈悲劇的英雄〉としての行動は、自決の一瞬にしか実現しえない。意地悪な見物人はそれさえも喜劇役者の演じる演技としか見ようとしない。何という悲しい結末であろうか。とりわけ批評家たちの意見のすさまじさ！　三島由紀夫という類《たぐ》い稀《まれ》なる文学的天才が文学をかなぐり捨てて、一生に一度だけ、真剣に行為者として自決したにもかかわらず、「とても正気の沙汰とは思えない」、「白昼夢のようで、それらしいリアリティが感じられない」、「そんなことをして何の役にたつのか」。

三島をとりわけ愛してやまない澁澤龍彦は次のように言う。

「この何の役に立つか」という発想によって今度の三島氏の事件をとらえようとしている人々のあまりに多いのに驚き呆《あき》れた。

三島氏は、自分が惹き起した事件が社会に是認されることも、また自分の行為が人々に理解されることも、二つながら求めていなかった。氏の行為は氏一個の個人的な絶望の表現であり、個人的な快楽だったのだ。（澁澤『三島由紀夫おぼえがき』立風書房、昭和五十五年、六九―七〇頁）

ジョン・ネイスンといい、澁澤龍彦といい、なぜエロティックということにそれほどこだわるのであろうか。もう一人『三島由紀夫　昭和の迷宮』（新潮社、二〇〇二年）を書いた出口裕弘も、何の説得的論拠もあげずに同性愛的心中を主張しているのである。

ぼくも三島由紀夫とバタイユとの関係を書いたことがある（『夢・狂気・愛』新曜社、二二三頁）。


バタイユなんかぼくは大好きだけれども、性的体験のなかで連続性の幻《まぼろし》を見る。なぜなら、個体は不連続であるから、セックスによってしか連続性の幻は描かれない。連続性というものはなにかというと、死である。だから、死を見るときだけに、つまり生の極致で死があらわれるということ、そこに連続性の幻がふっとあらわれる。それに向ってぼくたちはいつも性欲をもってくりかえしているわけだ。バタイユはよく書いているね。そういうことを。（『対話　思想の発生』九六頁）

では、三島は死の瞬間に連続性を垣間みるために自刃したというのか。そんな奇妙な理論づけはおかしい。それに、連続性を垣間見ることが可能なのは、むしろ異性とのセックスのエクスターシスの瞬間においてのみではなかろうか。異性とのセックスによってのみ、生殖が可能なのだから（どういうわけかエクスターシスの瞬間に死んでもいいと思ってしまう）。

いずれも、三島の深い理解者でありながら、一つ大事なことを見落している。『仮面の告白』で書かれているように、三島は非常に臆病な面があった。死ぬことが何よりも怖い人だった。だから、自刃の決意をしたときには、自分と正反対の存在になろうと必死だった。前日の夜に同性との愛欲に狂うというのは不可能だとぼくは断定する。私は死ぬ一週間前の彼にある会合で一瞬出会ったが、まるで狂気の人のようにみえ、普段の彼とは全く別人だった。緊張感の連続で、いつものような余裕も遊びも全くなかった。セックスするためにはこの緊張を解《と》かねばならない。しかし、それができるようなユトリのかけらもなかった。死ぬことが平気な胆力なら、きばらしにセックスでもしようかということになるかもしれない。彼はその種の人間とは正反対の人間であった。ひたすら、最後の行動へとわきめもふらず直進してゆくこと以外の何一つできなかった。最後まで、あれほど死ぬことを恐れつづけた彼が、ここに来てもはや逃げ道はない、死なななければならないというゾルレンを生きつづけ、切腹という見事な最後をとげえたのは、「道徳的ストイシズム以外の何者でもなかった」と私は考えるのである。

2　文学者の幼児性

三島と森有正の二人に何らかの共通するものがあるとすれば、幼児性ということになるだろう。すぐれた文学者には一番感性の豊かであった幼児期の感受性をそのままもちつづけている人が多い。三島由紀夫、遠藤周作、北杜夫、石原慎太郎などすべてその点では共通するところがある。

ドイツ語に kindisch（子供じみた、愚かな）と kindlich（子供らしい、無邪気な）という区別があるが、拳闘や剣道に熱中する三島は Kindlichkeit（幼児性）そのもので天真爛漫というところがあった。

三島は鶴田浩二主演の東映ヤクザ映画『総長賭博』やアラン・ドロンのフランス製殺し屋映画『サムライ』を手放しで絶讃してやまないというところがあった。

いつのころからか、私〔三島〕は自分の小学校の娘や息子と、少年週刊誌を奪い合って読むようになった。『もーれつア太郎』は毎号欠かしたことがなく、私は猫のニャロメと毛虫のケムンバスと奇怪な生物ベシのファンである。このナンセンスは徹底的で、かつて時代物劇画に私が求めていた破壊主義と共通する点がある。

若者がむつかしい本を読まないで劇画を読み耽るという風潮は、アメリカで起った現象で同じことが必ず日本でも起り、しかもやや日本化した形で起るという法則の例外ではないように思われる。一九五二年にはじめてアメリカへ行ったとき、コミックスの氾濫におどろき、しかも昔の『ブロンディ』のソフィスティケーションなどはみじんもないそれら粗悪な漫画が、むしろ大人の読物であると知ったときは二度おどろいたが、日本の劇画はアメリカのコミックスに比べれば、エロも残酷もやや陰湿であり、その代りナンセンスは時に前衛的である。

私がアメリカには決してないコミックスを求めて、時代物劇画からこの道に入った（！）のも、わかってもらえよう。（「劇画における若者論」『蘭陵王』新潮社、三〇四―〇五頁）

幼時に祖母奈津の病室で年上の女の子三人と一緒に育てられていたのだから、三島には女性的なところがあったのは事実である。けれども、女であることに甘んじていたわけではない。早く正常な男性になりたいとたえず思っていた。

『仮面の告白』の中で、恋人の園子とファースト・キッスをしたとき、

私は新兵のように緊張していた。あそこに木立がある。二十歩で彼女に何か話しかける。緊張を解いてやる必要がある。あと三十分のあひだ何か当りさわりのない話しをしたらいい。五十歩。そこで自転車のスタンドをおろす。それから山のはうの景色を見る。そこで彼女の肩に手をかける。低い声で、「こうしてゐるの夢みたいだね」という。（中略）そこで肩の手に力を入れて彼女の体を自分の前に持つてくるんだ。接吻の要領は千枝子の時と変りはない。

私は演出に忠誠を誓つた。愛も欲望もあつたものではなかつた。

園子は私の腕の中にゐた。息をはずませ、火のように顔を赤らめて、睫《まつげ》をふかぶかと閉ざしてゐた。私の唇を唇で覆つた。一秒たつた。何の快感もない。二秒たつた。同じである。三秒経つた。——私には凡《すべ》てがわかつた。（全集1・三一九頁）

何が凡てわかったのだ。自意識過剰で幼稚な男がこんなに緊張して、ファースト・キッスをして、何の快感もないのは当りまえのことだ。大体、キッスというのはセックスの行為そのものではなく、たんにその前触れというか、いわば、その象徴にすぎないのだから。ファースト・キッスですごい

快感があったとしたら、そのほうが異常である。

三島は自分が異常であると思いこみ、それを恥じていたから、あまりにも緊張し、最悪の場合を予想していた。当然の成行きとして最悪の事態になるにきまっている。三島の自意識自体が、自然に行なわれるはずの、ごく普通のファースト・キッスを自分の異常性を示す証拠にしてしまったのである。

「この次お目にかかるときはどんなお土産を下さるの」

俄《にわ》かに子供の時感じた恐怖が私によみがへつた。それは指切りをして約束を破るとその指が腐るといふ言ひならはしがかつて子供心に与えた恐怖である。（中略）園子のいはゆるお土産はそれと言はぬながら明らかに「結婚申込」を意味してゐたので私の恐怖も故あることだつた。（全集1・三三二頁）

これは軽井沢での夏の出来事だった。ぼくが「軽井沢のぼくの別荘に遊びにきませんか」という手紙を出したとき、「軽井沢には絶対行けない事情がありますから、折角のご好意を無にして申し訳ないがお許し下さい」という返事があった。三島が軽井沢を避けるというのは、おそらくこの時の経験があったからであろう。

私は煮え切らない人間、男らしくない人間、好悪のはつきりしない人間、愛することを知らないで愛されたいとばかりねがつている人間にはなりたくないと考へていた。けれども今の場合、園子にむかつてはつきりした態度をとることはサムソンの力といへども及ばぬ筈だつた。自分が性的に不能な男であるとはどうしても告白できなかつた。

その晩郊外の家へ落付いて私は生れてはじめて本気になって自殺を考へた。考へてゐるうちに大そう億劫《おつくう》になつて来て、それを滑稽なことだと思ひ返した。私には敗北の趣味が先天的に欠けてゐた。(中略)私のぐるりにある夥《おびただ》しい死、戦災死、殉職、戦病死、戦死、轢死《れきし》、病死のどの一群かに、私の名が予定されていない筈はないと思はれた。

——私はわれながら不自然だと思へる婉曲な拒絶の手紙を書いた。

彼は友人に誘われて登楼し、「十分後に不可能であることが確定した」(全集1・三四一頁)

神西清の『ナルシシスムの運命』という評論によって、『仮面の告白』について、前半と後半とがまるで異質であり、さながら大理石と木をつぎ合わしたように見えるのが欠陥である。「前半は erectio と ejaculatio に満ちていて、男性的なみずみずしさに満ちているのに反し、後半、「私」が女の世界へ出ていってからは、作品としての無力と衰弱を示している」というのが定説になってしまっているが、これは間違った解釈だと思う。前半の昂揚《こうよう》があり、後半の沈静があるからこそ、この作品全体のバランスというか調和が成りたっているのであり、後半も前半と同じように、昂揚につぐ昂揚であっては読者としては疲れてしまうということがおわかりいただけないだろうか。erectio につづく erectio というのではうんざりしてしまうのではなかろうか。

ぼくには後半が実に興味深く思えるのだ。だからこそ、『仮面の告白』こそが三島の最高の傑作だと思うのである。ここに後日談を附け加えておきたい。

昭和三十一年の六月初めだったと思うが、三島さんから思いがけなく電話があったのである。

「こんな深夜に電話をして申し訳ないとも思ったのだが、だれかに話したい重大なことがあるので聞いてもらえるだろうか」

「もちろん結構ですよ。ぜひうかがわせて下さい」

「実はね、永久に不可能かと思っていたが、可能であることが実証されたんだよ」

「というのは、女とということですか?」

「そう、そう、女とできたんです」

「そうですか、本当に良かったですねぇ。ぼくもうれしいです」

「ありがとう」

「自信をもって女の人と結婚して下さい」

「ありがとう。近いうちにぼくも結婚して、母をよろこばせてやりたいと思っているんです」

「じつは、ぼくも長い間、Impotenz で悩んでいたのです。それが一年前に年上の人が教えてくれてうまくいったのです」

「そうか、よかったね。きみもぼくも弱気という病気を病《や》んでいたんだね」

「その通りです。少し強気になれば、Impotenz なんぞふけばとぶようなものです」

「そうだね、安眠を邪魔して申しわけなかったね」

「とんでもない、話し相手にぼくを選んで下さったことを光栄に思っています」

三島はその夜、幸福感に舞い上っていたのである。少くとも四、五名の人に電話しているはずである。その名前も大体見当がつく。

最初に三島に会ったときから、ギリシヤの少年愛の話や禁色のことをいっぱい話していた。ぼくにも共通の悩みがあるにちがいないと三島さんが想像していてもおかしくはない情況であった。


森有正も恋をした。しかし、いつもプラトニックな恋に終っていた。一歩ふみだせば成就したかもしれないのにセックスする勇気がなかったから、いつまでも幼稚な恋をしており、結果としてはいつも失恋である。三島と森とぼくをつなぐ絆は幼児性ということである。あまりにも世間智にうとく、幼稚な恋ばかりしているから、結果としてはいつもすれちがいである。見るに見かねて、年上の人がやさしく教えてくれる。「なんでもないことなのよ。ホラ出来たでしょ」というように。一度経験すれば自信がつくから、次々と恋をし、別れ、また、恋をする。

ジョン・ネイスンの伝記にも出てくるが、三島を強く惹きつけた女性がいた。学習院の卒業生であり、三島の友人、作曲家黛敏郎のファンであった。三島さんなんかとても我慢できない。あんな人と結婚するくらいなら死んだほうがましだ、というのが彼女の答であった。ある女性週刊誌が国中の若い女性に「もしも皇太子殿下と三島由紀夫が世界に二人だけ残った男性だったら、あなたはどちらと結婚することを選びますか」というアンケートを出したら、寄せられた回答の半分以上が「自殺した方がまし！」であったという。もちろん、かなりの数の「文学少女」たちは三島に遠くから憧れていた。（『新版　三島由紀夫——ある評伝』一七四頁）。

昭和三十三年十一月、川端康成の媒酌で、日本画家杉山寧の長女瑤子と結婚（彼女は当時日本女子大学二年に在学中）、国際文化会館で挙式した。

三島は結婚する前にたくさんの日記類を焼き棄てた。ということは、同性愛の記録が含まれていた可能性がある。しかし、焼却という行為をするということは、今後は妻をはずかしめるような同性愛的な関係をもたないという決意を意味するものであったにちがいない。三島はこの種の黙契を含めて、約束を絶対に守るという、きびしい道徳性をつらぬき通した人である。そのことを素直に信じてやってもいいのではなかろうか。

3　両性具有者《アンドロギュノス》としての三島

三島がアンドロギュノス（両性具有）のことを語っているところがある。第一章で引用したので解説は省略するが、今考えてみると、三島はライナー・マリア・リルケやジャン＝ポール・サルトルと同じように幼児期に女の子のように育てられた。だから、女の繊弱さと男の剛毅を両方とも身につけている。正確にいうと前者は生来的なもので、後者はボディービルで造りあげた人工的な面である。三十歳を過ぎると、自分の生来的な資質を嫌悪し、それまで嫌っていた剣道のときの野性的な叫び声や異様に大げさな笑い声によって男らしさを強調した（こうしたことは若いころは死ぬほど嫌いなことであった）。人に胸毛を見せることも好きになる。これはいうまでもなく演技的な面である。

「私は一人の男の子であることを、言わず語らずのうちに要求されてゐた。心に染まぬ演技がはじまつた。人の目に演技と映るものが私にとつては本質に還ろうといふ要求の表れであり、人の目に自然な私と映るものこそ私の演技であるといふメカニズムをこのころからおぼろげに私は理解しはじめてゐた」という、本書の最初の章で私が引用した言葉は、ここに到って完全にご理解いただけたことと思う。

「幼年以来、私の唯一の願ひは風景の中に生きつづけることであつた」（『美しき時代』全集27・八一頁)。これこそ森有正の若い時からの唯一の願望であり、三島と森は出発点においては完全に一致していた。二人とも幼児性をそのまま引きずって生きてきたのである。

この生来的な願望に従って生きることに較べれば、太陽のさんさんとふりそそぐ海岸のプールで水泳をしたり、ジムでボクシングをしたり、ボディービルをしたり、唐手《からて》をしたり、自衛隊で切腹をしたり……それらのことは自分の生来的な夢想の世界を愛好する美しい時代から見れば、すべて「身の毛のよだつほどに」恐ろしく、嫌《いや》なことだったのである。戦時下に育った彼は、「男は男らしくしなければならない」という時代の要請に素直に従った。そして自分の生来的な傾向性とは正反対の他者に化身することを誓った。いわば、これは自分に義務として課した定言命法に忠実に従うことであった。ぼくがザインではなく、ゾルレンとしての三島を語りつづけたのはそういう意味からである。

武田泰淳のいうように、「あくまで道徳的で、刻苦勉励して、自己を改造する」、そうして自己破壊して見せねばならないというのがゾルレンとしての三島の課題であり結論であった。

4　三島の克己心

三島のカニ嫌いは有名だった。「蟹という字もいやなんだ」という。日本料理屋の膳に、ほんの小さいカニが丸ごと載っているのを見ると、腰をずらして身をよける。

武田泰淳はいう。「やくざの若親分に扮して映画（『空っ風野郎』一九六〇）に出演したさい、自分の弱点（臆病）がヒョイと出てしまっていた」とくやしがっていた（『群像日本の作家18 三島由紀夫』小学館、二五三頁以下）。

だからこそ、あなたは軍人、武士、いさぎよき死者になるために、別の自己になるために、一種の快感をもって自己を鞭打ったのでしょう。聖なる若者（もちろん美青年でなければならぬ）が、裸体で縛られ、多数の矢を射ちこまれている絵画が、あなたは好きだった。「自己嫌悪を克服して自己陶酔に転ずるためには、まず自分がいじめ、いじめられ、いじめあい、いじめぬくこと、しかも次第に、いじめの量をふやし、はては限量をこえるまで……。（武田泰淳「三島由紀夫氏の死ののちに」）

あなたは一人の敵（男）を殺すこともなく死んでいきました。『暁の寺』が発売されたあと、あなたは「インドはすごいですよ、インドはいいなあ」と嘆じました。百癩《びゃくらい》、黒癩《こくらい》、その他、あなたの身ぶるいするほど嫌悪する対象が、そこに充満し、依然として残存するカニ感覚を克服するための材料が、うんざりするほど立ちはだかっていたからでしょう。

火事と夕焼。あなたをおびやかし、またあなたを誘う紅の色。そうだ、忘れてはならない。あなたは初期短篇の一つで、女の手で口紅を塗ってもらう少年を描いていた。あなたは〈鉢の木会〉の当日、目黒の家へも招待してくれたし、私の観察によれば、同人先輩に対するサービス振りは最高だった。そこには真紅のバラの色の匂い、ワインのとろりとした紅の味はあっても、赤い血の臭気など嗅ぐすべもなかったのに。ほどよき普通人への努力が過不足なく、老後まで永続する安定した空気を漂わせていたのに。仮面はすべて、仮面であり、偽装だったのでしょうか。「ノーベル賞はもらいません」「芝居はやめました」「文武両道なんてできっこありませんよ」。死ぬまぎわに残した君の言葉は、愛すればこそ愛するものと断絶する、宇宙人のせつない慧智を示していたのだろうか。（武田泰淳全集16、筑摩書房）

これほど深く三島由紀夫を理解していた人がはたしてほかにいたろうか。武田泰淳は三島の全く相反する二つの面を鋭く見分けていたのである。

三島は一見、マゾヒストのようにみえるが、武田は彼の本質は徹底した克己心であることを見事に見抜いていた。古典的な意味においても、ストイシズムとエピキュリアンとは見分けがつかない場合が多い。いかに死ぬかというところで、この両者は訣別するのである。

セネカ（BC二ごろ—AD六五）は古代ローマの代表的な哲学者であった。とくにストア哲学を完成させたことで知られている。カリグラ帝の嫉妬を買い、あやうく死刑にされるところであった。クラウディウス帝の下で四一年に追放され、失意の八年をコルシカ島で過ごした。四九年ネロの母アグリッピナに呼び戻されて、幼いネロの教育を一任され、ネロの即位後もしばらく若い皇帝を補佐して善政に導き、五五年執政官に任命された。その後、皇帝との間が冷却したため引退を申し出て、閑雅な文筆生活にはいるが、謀叛に関与した疑いをうけ、ネロの命により自殺させられた。その快楽主義者と同じように苦痛を回避するような仕方で、風呂の中で手を切って自殺した。その点に注目するかぎり、彼がはたしてストア哲学者であったといえるか。むしろ快楽主義者《エピキュリアン》ではなかったかと思えなくもない。それにくらべて三島由紀夫は徹底したストア主義者（ストイシアン）であり、克己の死をとげたのだと見ることができよう。

文学者としての彼はというと、夕焼の中の、炎の中の赤々とした炎上を想像し、一回限りの美に陶酔していたいのが三島のザインであった。ゾルレンとしての三島は正義のためにいのちを賭けることに全力をつくした。

三島にはたくさんの女のファン（読者）がいた。彼女たちは、生来的な資質にもとづいて、幻想であるにせよ華麗な美を描き出してくれる芸術家を愛した。彼の優しく繊細な人格をも愛した。男はやはり、三島が男らしく生きてくれることを欲した。アンドロギュノスである三島はいずれの要求にも応じることができた。ただし、三島はこれらの多面的な魅力を同時に発揮することを求める欲の深いファンの希望にこたえることはできなかった。

エロティシズムとストイシズムは、根は一つであろうと、どうしても両者は分裂していかざるをえない。そして最後には男らしく、エロティックであることをつきぬけて、ストイックに死ぬ道を選んだのである。

自衛隊に入隊してまもなく、友人の村松剛に次のような手紙を送った。

軍隊生活もすでに十日、すっかり体も馴れ、三度三度の隊食をペロリと平らげ、朝は六時の起床ラッパと共にはね起き、快晴の富士を目前に、千五百の駈足、爽けさきはまる生活です。小生のストイシズムはここで完全に満足されました。ここでは何しろ、ストイシズムは何ら奇癖ではなくて美徳なのですからね。（全集38・九六七頁、傍点引用者）

この文章を見れば、彼が自分のストイシズムを彼にとって生来的な気質としてとらえていることは歴然としている。

武田泰淳は「三島の死ののちに」の冒頭の部分で、次のように書いている。

息つくひまなき刻苦勉励の一生がここに完結しました。（中略）あなたの忍耐と、あなたの決断。あなたの憎悪とあなたの愛情が。そして、あなたの哄笑と、あなたの沈黙が、私たちのあいだにただよい、私たちをおさえつけています。それは美的というよりは何かしら道徳的なものです。あなたには生れながらにして、道徳ぬきにして生きて行く生は、生ではないと信ずる素質がそなわっていたのではないでしょうか。あなたを恍惚とさせる「美」を押しのけるようにして、

「道徳」はたえずあなたをしばりつけようとしていた。（傍点著者）

ぼくはこの武田泰淳の言葉に深く共鳴する。三島は美的でエロティックな陶酔に酔いしれることにとどまることはできなかった。ゾルレンなしに、弱気な男が自刃によって死ぬことができたはずはない。澁澤は「道徳的マゾヒズム」という言葉で三島の行動をすべて説明できると考えた。切腹はマゾヒスティックな行動に一見みえるかもしれないが、耐えがたい苦痛にあえて耐えつづけることができたのは、ストイシズム以外の何ものでもなかったのである。

5　森有正の孤独

森有正にもたくさんのファンがいた。しかし彼は人との間に距離をおいてつきあうという性癖があった。彼はヨーロッパの風景の中でひとり佇んでいる。「ただ人間であろうとするときに、人間が孤独におちいる必然性をもっているとするとどうであろうか」。彼はただ自分に与えられた究極の〈愛のかたち〉に従おうとしていただけなのである。人との間に一定の距離をおいて存在していて、娘がふところにとびこんでくるのを拒否する。「ぼくが孤独への道を歩く運命にあるならば、ぼくはどんな寂寞《じやくまく》も厭わないであろう」。そう感じたとき、孤独は限りない〈悲しみ〉であると同時に、一つの「深い慰め」となる。

ぼくは自分が正しい人間だとは決して思っていない。しかし、また僕の悪のゆえにこの孤独が来たとも思っていない。そこには本質的に種類のちがう何かがある。それを究めることは今のぼくにとって非常に大切である。それはぼくが海外に長くいてしまった本当の理由に触れて来るからである。ぼくがこうして海外で孤独に入っていくことと、いな入らせられて行きつつあることと、こうして海外にいる理由とが一つに融合して来るのを見るのは、何という悲しみだろう。そして何という慰めだろう。（森有正全集1・二五三頁）

森有正先生の人柄にはだれにもよくわからないところがたくさんある。著書から想像される、いくらか悲劇的ともいえる人間像と、実際とは大違いなのであって、いつもいそがしげで、たえずせかせか動きまわり、あわてんぼうで、物忘れがひどく、大喰いで、人と会えばたえず冗談ばかり言って人を笑わせようとしていたのだ。必死にサーヴィス精神を発揮していたのだと思う。

フランス人の奥さん（パン屋の娘）との離婚の問題について、私の姉（精神科病院の院長）に相談に来られた。そのフランス人女性は大酒飲みで、レズビアンで、ときどき女の恋人が彼女を求めてしのんで来る。ゆきずりの男との間に生まれた娘が、はじめて父になってくれた森先生にすっかりなついてしまっている。フランスでは父権が強く、一人娘を父親にとられることを恐れて離婚訴訟にかけられているが、精神疾患のある、病気中の女性と離婚してもいいものでしょうか、という相談である。

「ぼくはね、満員電車の中にほっぺの赤い可愛いいい女の子がいると、すぐキッスしたくなるのですが、これは異常でしょうか」

「いいえ、異常ではありません。したくなるけどしないわけでしょ。そんなことだれにもあることで、普通のことです」

「ああそうですか、よかった」

こういう話を聞いていると、森先生が少年のように見えてきて、かわいくなる。

結局、訴訟問題は、先方の言い分がとおって、森先生はその女性と離婚となった。

どうして先生は結婚問題をもう少し慎重に考えようとしなかったのだろうか。

栃折《とちおり》久美子さんは森有正先生の全集の装幀をやった人で、森先生の熱烈なファンだった。

森先生は晩年、一年の三分の二は東京で、三分の一はパリで過ごす計画をたて、東京都内に事務所を作り、その事務や管理をすることを栃折さんに依頼し、彼女は承諾した。しかし、この計画は森先生の一九七六年十月十八日のご逝去によって実現しなかった。

「遙かに行くことは遠くから自分自身に帰ってくることだ。そして、その自分は東京と深く結ばれているのだ」ということにはならなかったのである。まことに残念なことであった。

第四章　最後のロマンティーク——三島由紀夫

1　『春の雪』

現在の日本において、残酷な性犯罪が異常といえるほど続発している。幼い少女が誘惑され、惨殺される事件が次々とおこる。こういう記事ばかり読まされていたら、男も女も暗澹《あんたん》たる気分にならざるをえない。

こういう時代情勢を反映しているのだろうか、とりわけ女性たちの間に、ヨーロッパの近代において次々と発表されたロマンティックな恋物語、それと類似した死にいたらねばやまぬ純愛的な恋のロマンに熱中する人たちがどんどんふえてきたのである。

古典的なロマンティックの傑作といえば、三島由紀夫の『豊饒の海』四部作の第一巻として書かれた『春の雪』（昭和四十年、新潮社）につきるだろう。恋の発生には、のりこえることが困難な障害が設定されることがどうしても必要である。

『春の雪』は恋愛小説であり、しかもそれは、「明治」という悪趣味な時代を舞台にしているのだという。ここには、権力欲だけがあって「恋愛」などが成立しえないような悪趣味な時代なのである。私は明治という時代をそのように思う。しかし三島由紀夫は、その困難な時代を背景にして、ちゃんとした恋愛小説を書いたのだという。（中略）『春の雪』は「成功した恋愛小説」という評価を与えられていた。その存在を知らぬままにいた私が『春の雪』を「読みたいと思った」のである。（橋本治『「三島由紀夫」とはなにものだったのか』新潮社、六九―七〇頁）

これがもし恋心であつて、これほどの粘りと持続があつたら、どんなに若者らしかつたらう。彼の場合はそうではなかつた。美しい花よりも、むしろ棘《いばら》だらけの暗い花の種子《たね》のはうへ彼が好んでとびつくのを知つてゐて、聰子《さとこ》はその種子を蒔いたのかもしれない。清顯《きよあき》はもはや、その種子に水をやり、芽生えさせ、つひには自分の内部いつぱいにそれが繁茂するのを待つほかに、すべての関心を失つてしまつた。わき目もふらずに、不安を育てた。（『春の雪』全集13・三九頁）

『春の雪』を読む二十二歳の私はほとんど女である。

私の態度は「恋愛小説だと思って読んでいるのに、どうして恋愛にならないのよ。さっさと恋愛すればいいのに、ほんとに焦れったいわね！」と怒っている女のそれと同じである。（橋本前

掲書、七三頁）

しかし、それこそが古典的なロマンの作者の常套手段《じょうとうしゅだん》であったのである。ヨーロッパの恋愛小説はほとんどつねに同一の主題を追求してきた。死にいたらねばやまぬ、実りなき恋の暗き情熱にお し流された男は死という終局をめざして、ひたむきに走るのである。十二世紀中世の『トリスタンとイゾルデ』がその原型であった。異教においては愛とは、おのれの呪われた肉体的存在を滅却し、一者のうちに合一することを求めた。トリスタンはイゾルデその人ではなく、恋の障害と、それにともなう激しい苦悩を愛していたのである（拙著『愛の思想史』講談社学術文庫、一〇二頁を参照されたい）。

三島は恋愛小説の達人であったから、障害を次々と設定し、読者の心をじらしぬくのである。二歳年長の聡子《さとこ》は精神的につねに優位の立場にたっていたから、清顕《きよあき》の幼なさをからかう。縁談がもちこまれると、はじめから断わる気でいるのに、

「私が急にいなくなってしまったら、清さま、どうなさる？」

とおどかすようにきき、清顕の表情が不安に曇るのを見てよろこぶのである。

清顕は聡子に復讐するための手紙を書く。

「実に不快な心境にゐた小生は（間接的にあなたのおかげで）、人生の一つの閾《しきい》を踏み越えてしまひました。たまたま父の誘ひに乗つて、折花攀柳《はんりゅう》の巷《ちまた》に遊び、男が誰しも通らなくてはならぬ道を

通りました。ありていに言へば、父がすすめてくれた芸者と一夜をすごしたのです。（中略）小生は今、あなたをも、はつきり、One of them としか考へてゐないことを申し上げておきます。あなたが子供のときから知つてゐた、あの大人《おとな》しい、清純な、扱いやすい、玩具《おもちゃ》にしやすい、可愛らしい、「清様」は、もう永久に死んでしまつたものとお考へ下さい。……」

清顕はこの手紙を出してから思いなおして聡子に電話をかけ、「手紙が着いても絶対に開封しないで下さい。すぐ火中にすると約束して下さい」と頼む。


「何のことかわかりませんけれど」

「だから、何も言わずに約束して下さい。僕の手紙が届いたら絶対に開封せずに、すぐ火中すると」

「はい」

「約束してくれますね」

「いたします」（全集13・六六頁）

聡子は正月の親族会の席で清顕の父に彼を花柳界につれていったというはなしは本当ですかとたずねた。誘ったことは事実だが「一言のもと」にはねつけられた、と父親は正直に答えた。彼女は読まないと約束した手紙を開封して懊悩していたが、父親のこの回答で一気に幸福感に酔うことができた。

　膝掛の下で握つてゐた聰子の指に、こころもち、かすかな力が加わつた。それを合図と感じたら、又清顯は傷つけられるにちがひないが、その軽い力に誘われて、清顯は自然に唇を、聰子の唇の上へ載せることができた。

　俥《くるま》の動揺が、次の瞬間に、合はさつたくちびるを引き離さうとした。そのとき清顯はたしかに忘我を知つたがさりとて自分の美しさを忘れてゐたわけではない。自分の美しさと聰子の美しさが公平に等しなみに眺められる地点からは、きつとこのとき、お互いの美が水銀のやうに融け合ふのが見られたにちがいない。（全集13・一〇一頁）

なんてへんな文章だろうと、これを読んだ橋本は思った。

「これが雪の人力車の中で初めて唇を交わす二人の描写なのか」と、私は思った。外は降りしきる春の雪＝明治の雪である。年若い男女は人力車の中――そんな「情緒纏綿」としか言いようのない設定で語られるものが、どうして解剖学のテキストのような、「接吻という事実を詳細に解説する文章」なのか？《非常に大きな、匂ひやかな、見えない扇》はいいが、そんな表現を持ち出すのなら、その前をもうちょっとうっとりさせるような文章にすればいいのに、と二十二歳

の私は思った。(橋本前掲書、七五頁)

これが世代の相違というものだろうか。ぼくにはこれが実に美しい情景描写であると思える。降りしきる春の雪をものともせず駆けぬけていく人力車の中での接吻シーンとしてこれ以上のものを期待することはできない。二十二歳の橋本治君には解剖学のテキストとしか見えないものが、ぼくにはこれこそ情緒纏綿《てんめん》たる情感性において迫ってくるのであるからいたし方ない。

清顕の中の不安がのこりなく拭はれて、はつきりとした幸福の所在が確かめられると、接吻はますますきつい決断の調子に変つて行つた。

十九歳になったばかりのプライドの強い男が初めてのキスに緊張している。しかしその相手は、自分を受け容れてくれる女なのだから、その緊張はすぐ溶ける。溶けると共に、恋の至福が訪れる。それは分るが、そこに〈決断の調子〉がなぜ登場するのか。(橋本前掲書、七六頁)

清顕は幼い頃綾倉《あやくら》家にあずけられて、聰子とまるで姉弟のように育てられた。二歳年長の聰子は美しい清顕をたえずからかうことによって親しみを深めていった。二人が恋仲になるためには、上下の関係を逆転させせねばならなかった。そこで清顕は男性優位の立場に立つために、「決断」が必要だったのである。「なんだってこんなに言い訳が多いんだろう」と橋本治君が言う気持がわからないわけではないが、年下ゆえの自信のなさ、たえざる不安をふきとばし、飛躍していくためにはどうしても「決断」が必要だったのである。その「決断」があればこそ、「唇の融和」を高めることができたのである。

聴子は涙を流してゐた。清顯の頬にまで、それが伝はつたことでそれと知られた。清顯は矜《ほこ》りを感じた。しかし彼のその矜りには、かつての人に施すような恩恵的満足はみぢんもなく、聴子のすべてにも、あの批評的な年上らしい調子はなくなつてゐた。清顯は自分の指さきが触れる彼女の耳朶《じだ》や、胸もとや、ひとつひとつ新たに触れる柔らかさに感動した。ともすれば飛び去ろうとする靄のやうな官能を形あるものに託してつなぎとめること。そして彼は今や、自分の喜びしか考えてゐなかつた。それが彼のできる最上の自己放棄だつた。

洞院宮の第三王子治典王はまだ独身でおられる。そのことを知っていた清顯の父松枝《まつがえ》侯爵は花見の宴に聴子を呼び、洞院宮と妃殿下にさりげなく彼女をお引合せしようとした。「広間で侯爵は当日の客を両殿下にお引合わせしたが、そのうち殿下がはじめて御覧になる顔は聴子一人であつた」。

「こんな別嬪のお姫《ひい》さんを私の目から隠してゐたとはね」

と殿下は綾倉伯爵に苦情を仰言った。そばにゐた清顯は、この瞬間、何かわからぬ軽い戦慄が背筋を走るのを感じた。（中略）

清顯と聰子が二人きりになる機会が得られたのは、花見踊の余興がはてたのち、やがてくる薄暮と共に客が導入されるわずかの間であった。庭園の一隅で清顯は聰子を抱きよせて接吻した。彼の胸から顔を離した聰子は、涙を拭はうともせず、打つてかはつた鋭い目つきで、些《いささ》かのやさしさもなしに、たてつづけにかう言つた。

「子供よ！　子供よ！　清樣は。何一つおわかりにならない。何一つわかろうとなさらない。私がもつと遠慮なしに、何もかも教へてあげてゐればよかつたのだわ。御自分を大層なものに思つていらしても、清樣はまだただの赤ちゃんですよ。本当に私が、もつといたはつて、教へてあげてゐればよかつた。でも、もう遅いわ。……」

言ひおはると、聰子は身をひるがえして幕の彼方へのがれ、あとには心を傷つけられた若者がひとりで残された。（全集13・一四六頁）

聰子によって徹底的に侮辱されたと思いこんだ清顯は、この日をさかいに彼女との音信を断つ。宮家と聰子とのあいだの縁談は松枝侯爵が準備した膳立てどおりに進行し、聰子からは毎日清顯に電話がかかってきたが、電話口に清顯が頑なに出ないでいると、侍女の蓼科《たでしな》が来た。蓼科との面会も、彼は拒否した。聰子からの分厚い手紙は、封も切らないで焼き棄てた。

洞院宮家から聰子との結婚についての御内意伺いが大正二年五月十二日に宮内大臣に提出される。折返し御内意伺済の通知がとどく。あとは正式に勅許を奏請するばかりとなった。

ついに勅許がおりた。今までの静かな明晰の鏡は粉々に砕け、心は熱風に吹き乱されてざわめきつづけた。（全集13・一八六頁）

何が清顕に歓喜をもたらしたかといへば、それは不可能といふ観念だつた。絶対の不可能。聰子と自分との間の絲は琴の絲が鋭い刃物で断たれたやうに、この勅許といふきらめく刃で、断弦の迸《ほとばし》る叫びと共に切られてしまつた。彼が少年時代から久しい間、優柔不断のくりかえしのうちにひそかに待ち望んでゐた事態はこれだつたのだ。

「僕は聰子に恋をしてゐる」いかなる見地からしても寸分も疑はしいところのないこんな感情を、彼が持つたのは生れてはじめてだつた。「優雅といふものは禁を犯すものだ。それも至高の禁を」と彼は考へた。（全集13・一八八頁）

「禁を犯すというところにエロティシズムの最高の妙諦がある」といったのは有名なジョルジュ・バタイユの理論だ。エロティシズムを軸として、明らかな陰画と陽画の関係を形づくっている

のが『春の雪』とその続きの『奔馬』であろう。磯田光一の言うように、

ここにいう〝優雅〟とは世にいうエレガントということではない。それは〝みやび〟の理念に奥深くかくされたもの、つまり情念の純化のためには世俗の価値観をすべて捨てるというダンディズムに近い感情である。それはいうなれば〝遊び〟をこそ誠実に生きること、そしてそのためにはいかなる破滅も死も辞さないといふ、異様なまでのストイシズムに通じている。このとき〝勅許〟によつて公認された婚約に挑むことこそ、情熱そのものへの誠実、いはば〝優雅〟に徹するといふことである。(『新潮』昭46・2)

清顕は三日にあげず東京へ忍びに行き、かえってくると親友の本多にだけはそこで起ったことを詳《つぶ》さに打明け、洞院宮家の納采の儀も有栖川の宮の国葬のために延期になることになった。しかしこれはもちろん聡子の結婚が、何らかの障碍《しょうがい》に乗り上げたことを意味するものではなかった。聡子はしばしばお招きをうけて宮家へ行き、父宮殿下もすでに心易いお扱ひをして下さっていた。

本多は友のために、女を連れて来て連れ戻す約束をする。級友の豪商の息子から自分の情事のためと称して一九一二年型の最新のフォードを借り、他人の女のために深夜のドライヴをする。

誰も見てゐない筈なのに、海に千々《ちぢ》に乱れる月影は百万の目のやうだつた。聰子は空にかかる

雲を眺め、その雲の端に懸つて危ふくまたたいてゐる星を眺めた。清顯の小さな固い乳首に触れて、なぶり合つて、つひには自分の乳首を、乳房の豊溢の中へ押しつぶすのを聰子は感じてゐた。それには唇の触れ合ひよりももつと愛《いと》しい、何か自分が養つている小動物の戯れの触れ合ひのやうな、意識の一歩退《ひとあししりぞ》いた甘さがあつた。肉体の外《はず》れ、肉体の端《はな》で起つてゐるその思ひもかけない親交の感覚は、目を閉じてゐる聰子に、雲の外れかかつてゐる星のきらめきを思ひ出させた。そこからあの深い海のような喜びまでは、もう一路《いちろ》だつた。かれらを取り囲むもののすべて、その月の空、その海のきらめき、その砂の上を渡る風、かなたの松林のざわめき、……すべてが滅亡を約束してゐた。

何という抱擁的な「否」！　かれらにはその否が夜そのものなのか、それとも近づいてくる夜明けの光なのか、弁《わきま》へがつかなかつた。ただそれは自分たちのすぐ近くまで犇《ひし》めいてゐて、まだ自分たちを犯しはじめてはゐなかつた。（全集13・二五四頁）

『春の雪』はこれまで三島が書いてきた恋愛小説の総決算という気がする。古典的な情熱恋愛の法則の上にしっかりと乗っていて、しかもなお自由自在なのである。絶対の禁忌があって初めて恋は燃えあがる。絶対に許されざるものであるがゆえにこそ恋慕する心がつのり、死にいたるまでやまない情熱を生きる。これが戦後最高のロマンであると同時にロマンの終焉を告知する作品なのである。なぜなら、われわれはもはや絶対の禁忌などというものに出会うことがありえない自由恋愛の時代に生きているのだから。自由ということは恋するものにとって何という不幸であることか。絶対に不可能ということはもはや考えられない。努力すれば何とかなる。逃れることができない障碍による悲劇的恋愛というのはもはや成立しないのである。くりかえせばすぐに退屈してしまうセックスの遊戯——今あるのはそれだけなのである。

……いつか時期がまゐります。それもそんなに遠くはないいつか。そのとき、お約束してもよろしいけれど、私は未練を見せないつもりでをります。こんなに生きることの有難さを知つた以上、それをいつまでも貪《むさぼ》るつもりはございません。どんな夢にもをはりがあり、永遠なものは何もないのに、それを自分の権利と思ふのは愚かではございませんか。でも、もし永遠があるとすれば今だけなのでございますわ。……（全集13・二五七頁）

ゲーテの『ファウスト』第二部に、

己は瞬間に向って
「止まれ、お前はじつに美しいから」と叫びたい。
己の此世に残す痕は永遠に滅びはしない。

聰子も清顯もそういう永遠に美しい今という瞬間を生きたのだから悔いはないはずである。

綾倉家からたった一つ、つつましい条件が出され、聰子が東京を発つ直前に、一目だけ清顕に会わせてくれ、この希望が叶へられれば、今後一切、聡子は清顯に会わぬと約束する。……これはもとより聰子自身の発意であるが、親もそれだけは叶えてやりたいと思ってゐる、と綾倉伯爵は申し入れた。

侯爵は侯爵夫人の進言によって、忙しい森博士を極秘裡に東京へ呼び寄せ、人工中絶手術をひそかにすませた。清顕は聡子と会うには会ったが、大阪行きの展望車の中で親たちの注視の下に会ったのである。「清様もお元気で。……ごきげんよう」と聡子は一気に言った。清顯は追はれるやうに汽車を降りた。清顕は心に聡子の名を呼びつづけた。母子は月修寺へ暇乞ひに行き、そこで一泊してから東京へ帰る予定であった。ところが聡子は母の意志に逆らって、月修寺で髪をおろしてしまう。「剃髪《おたれ》を上げたらな、もう清顯さんに会へへんが、それでよろしいか」と問われ、「後悔はいたしません。この世ではもうあの人とは、二度と会ひません」と答える。

清顕は一目だけでも聴子に会いたいと思って、何度も月修寺に通ったが会うことはかなわなかった。胸の痛みが時折胸の底に砂金を沈めたように感じられた。次の日には、寒気がして熱が出てきた。それでも無理をおして坂道を歩いていった。

「やはり、お目もじは叶ひません。何度お出で遊ばしても同じことでございます」

夕刻、医者を呼んで診察の結果、肺炎の兆候があるといわれた。本多が電報で呼び出されて帯《おび》解《とけ》の町までやつてきた。

東京へかへる汽車のなかで、清顕の苦しげな様子は本多を居たたまれない気持にさせた。寝台車の中で、一旦、つかのまの眠りに落ちたかのごとく見えた清顕は、急に目を見ひらひて、本多の手を求めた。

「今、夢を見てゐた。又、会うぜ。きつと会ふ。滝の下で」

帰京して二日のちに、松枝清顕は二十歳で死んだ。（全集13・三九五頁）

著者自身の註として、『豊饒の海』といふ題名は、「月のカラカラな嘘の海を暗示した題名で、しいていえば、宇宙的虚無感と豊かな海のイメージをだぶらせたようなものだ」という。

ということは、輪廻《りんね》転生という物語がこれから始まるわけであるけれども、それが豊かな海をへめぐる人間の物語のように見えるだけで、つねに醒めた眼の人である三島自身は夢から醒めてみればすべて虚妄、宇宙的な虚無を予告しているロマンで、そこに作者の慄然《りつぜん》とするような悪意を感じないわけにはいかない。

2　自分の反対物への化身

三島は自分の作品の中で、主人公をしばしば二十歳で死なせる。どうしてそういうことをするかといえば、戦時下において、彼自身がラディゲのように二十歳の天才作家として死ぬことを熱望していたが、その望みは現実においてはかなわなかった。そこで自分の身代りとして作品の主人公を二十歳で死なせたのである。彼は自分自身が「死ななければならない」と思いながら、肝心の自分自身の肉体があまりに貧弱であることを感じていた。丸山明宏（現在の美輪明宏）が当時の三島を描いている。

三島さんは死人みたいに蒼ざめていて、あまりに蒼白いので肌が紫っぽく見えたほどでした。身体《からだ》といったら、着るものの中に浮んでいるみたい。それでも三島さんはナルシストでそれはよくわかりましたよ、美に対する本当の眼を持っていました。あの頃の彼、ボディービルディングやら何やらをはじめる三島さんを解く鍵は、そういうほんとうの美を感受できる眼で自分を眺めていたということにあるでしょうね。三島さんはいつも自分を眺めていて、自分が見ているものをひどく嫌悪していました。

死ぬに値いしないほど醜い自分を嫌悪していた三島がナルシストであるわけがない。『潮騒』は、三島が自己を「自分の反対物」に変形させ、体細胞の一つ一つを生理的にも精神的にも再建しようとする決意から生まれた作品である。

私は青年期以後、はじめて確固とした肉体的健康を得た。かういふ人には、生まれつき健康な人間とは別の心理的機制があつて、自分は今や肉体的に健康だから、些事に対して鈍感になると考へ、そんなふうに自分を馴らしてしまうのである。（中略）私には死について考へることに対する、いはれのない軽蔑が生じた。（『小説家の休暇』全集28・五六六頁）

昭和三十年一月十四日、奥野健男とウィリエルモの二人を呼んで小宴をひらいた。そこで「自分はもう美しく死ぬには年を取りすぎたし、三十歳を過ぎて自殺するのは、太宰治の自殺みたいでみっともない」と語った。

三島は昭和三十年九月から、彼の後半生の主要な肉体鍛錬になるウェイト・リフティングをはじめる。昭和二十七年の夏、まず水泳から身体訓練をはじめた。昭和三〇年代の前半、三島といっしょに泳いだときのことを北杜夫が語っている。二人は東京でプールに行った。三島は飛び込み、自慢の平泳ぎでプールの向う側めざして泳ぎ出した。北もつづいて飛び込み、クロールですぐに追い抜いた。向う側に泳ぎついて三島を待っていたときのこと、「三島さんがせめて〝見かけによらず速いなあ〟ぐらいいうだろうと思っていたんだ。ところが、三島さんは何もいわない。笑いもしないんだ。ぼくの方を見ずにさっさとプールから上ってバーへ行ってしまったよ」（北杜夫『人間とマンボウ』中公文庫、一六頁）。三島は北杜夫には負けないだろうと思っていたが、予想外の結果に不愉快だったのであろう。

公威《きみたけ》（三島の本名）は生来ひよわな、女の子みたいな少年であった。五歳の元旦の朝、自家中毒の発作をおこし、あやうく一命をとりとめたが、月に一回その発作がおきた。何度となく危機が見舞った。自分に向って近づいて来る病気の跫音《あしおと》で、それが死と近しい病気であるか、それとも死と疎遠な病気であるかを、彼の意識は聴きわけるようになった。学校での六年間はおおむね悲惨であった。入学前からの病弱と周期性の淋巴腺炎とは、一年生のあいだ公威をしてしょっちゅう学校を休ませ、祖母は前にもましてその健康に眼を光らせた。体操の時間も休み、四年生になるまで遠足にも参加することは許されなかった。男の子と乱暴な遊びをすることも、青空の下どこまでも走っていくことも、まして海の中であばれまわることも、海浜を元気よく走ることもすべて許されなかった。母の倭文重《しづえ》は三島への祖母の影響を正確に観察していた。しかし、姑の理不尽な、息子のために悪い環境を阻止することはできなかった。

十三、四歳の頃の公威は、「繊細でどこか女性的な挙措をそなえた、温和で、脆弱な」感じであったと、その頃を知る友人も語っている。

戦後になって、三島はそういう自分の中の「繊細で女性的な」面を極度に嫌悪するようになった。

昭和三十年九月にひとたびウェイト・リフティングをはじめてからは、三島は週に三回ずつの練習という規律を一四年間にわたって維持した。

はじめてから三年後の昭和三十三年に、ジムで三島に会ったウェイト・リフターの久保は、「これ以上やるには貧血質すぎる」という印象をもったそうである。だが、三島の肉体はだんだん持主の要求に応えはじめた。日記から判断するに、昭和三十四年一月五日に、よくまあここまできたものだと述懐しているが、それが三島の個人的な感想だったのである。

問題は、三島が努力を集中したのが腕と胸と腹だけで、脚のほうをネグレクトしていたことだった。脚は痩せて脆弱なままだったのである。筋肉の躯幹を支えている二本のマッチ棒。後年の三島はウェイト・リフティングの写真を腰から上だけならポーズに応ずるようになるだろう。

しかし、三島が何年間もバーベルと格闘していたかたわら、たんなる肉体の回復の欲望、あるいは露出主義《エグジビショニズム》より以上のものをみずから意識していたことの証拠は豊富にある。自伝的エッセイ『太陽と鉄』において三島が下した結論は、自己を変貌させようとする労苦がじつは彼みずから「存在の究極の確証」と呼ぶところの〈もの〉の探索だったということであった。

「存在の究極の確証」は、かつての「詩を書く少年」が言葉はもはや現実の適切な代替物ではないと発見したときに必然的なものになったのである。この時期に、三島は自分が生きていると感ずることに困惑を体験し、また筋肉を一種いわば議論の余地なき存在の証明と考えるようになっていたのである。

3　三島由紀夫の問題作

(1)『金閣寺』

昭和三十一年、三十一歳の三島は成功の頂点にまでのぼりつめる。『金閣寺』（三十一年一月）はこれまでのどの作品よりも完成度の高い作品である。古典の風格をもった傑作と評価する人もいる。その反対に、犯罪者である主人公は三島の観念の中でしか生きられない片輪者で、この作品自体は観念的私小説だという人もいる。たしかに、三島の観念性は強いが、昔からの私小説とは全く似ていない。まったく異質で、独自な作品なのである。

平野啓一郎は、『群像』の二〇〇五年十二月号に掲載された『金閣寺』論の中で、戦時下の非日常と戦後の日常性とでは金閣像が大きく変貌するという新しい視点を呈示する。金閣も戦火で焼失するかもしれないという考えが主人公の心の中に生れてから、「金閣は再び悲劇的な美しさを増した」。終戦の日、独り金閣を見に行った主人公は「金閣と私との関係は絶たれたんだ」ということを実感する。「美がそこにをり、私はこちらにゐるといふ事態。この世のつづくかぎり渝《かわ》らぬ事態」が再現する。

私も同じような考え方をする。

私には自分の未知のところに、すでに美というものが存在してゐるという考へに、不満と焦躁を覚えずにはゐられなかつた。美がたしかにそこに存在してゐるならば、私といふ存在は、美から疎外されたものなのだ。(『金閣寺』全集6・二八頁)

戦時下において、軍人たちが求めたのは、「自我滅却の栄光の根拠」としての絶対者に帰一することであった。それは「一つの世界の全体を象徴しうるようなもの」でなければならなかった。そのような全体性は「神格天皇」というかたちでとらえられているのであるが、それはかならずしも天皇でなくても、自分を超えた絶対者であれば何でもよいのである。それが天皇というかたちで表徴される以前において、そうした絶対の他者というのはつねに三島の前に厳然と存在しているものであった。そうした他者と自己との間の橋を見いだすことが、三島由紀夫にとっての唯一の文学的課題であったのだ。自分はこちら側におり、向うには永遠に自分を拒みつづけている世界がある。それから隔てられてあるということは彼にとっては耐えがたいことだった。だから、相手をこわしてもいいから、その中に没入してゆきたいと思う。それが『金閣寺』の唯一のテーマだったのである。

この世に生きるかぎり、完璧な全体性というものを手に入れることは絶対にありえない。神としての天皇も、この場合と同じように、自分がそれから拒まれているところの《なにものか》であった。〈金閣寺と私〉あるいは〈美と私〉という対立関係はそのまま〈天皇と私〉という関係に置き換えられる。天皇は私の側へ、つまり人間へと近づいてきては絶対にならないものであった。なぜなら、天皇は神であることによってのみ、ある全体を象徴することができ、私もまた、その天皇との関わりにおいて全体性に参与することができるからである。もちろん、そのような全体性がもはや再現不可能な幻影にすぎないことを彼も充分承知している。

けれども、戦争中では、すべての人が死によって天皇に帰一することを願っていた、あの死の共同体ともいうべきものの中に生きることを願わずにはおれなかった。戦時下において、彼自身はそれに参加することを逸してしまったのであるから、それだけに、よけいに、あの集団的悲劇に参与することの苦痛と恍惚を大いなるものと想像せずにおれなかったのである。

たしかに、昭和三十一年の『金閣寺』の中に昭和四十年代の思想を読み込むことは早すぎるといわれるであろう。しかし、三島はずっと戦時下の理念を引きずって生きてきた男であった。この点については、平野啓一郎の「『金閣寺』論」とぼくの見解は完全に一致している。

昭和四十年代の三島の発言には〈天皇〉を指して、この〈絶対〉あるいは〈絶対者〉という言葉が頻出する。他方、〈相対性〉、〈相対主義〉という対義語は、戦後体制、戦後社会を指すものとして常に否定的に用いられる。

『金閣寺』の「創作ノート」の冒頭には次のような主題の羅列が見られる。

「◎主題／美への嫉妬／絶対的なものへの嫉妬／相対性の波にうづもれた男／「絶対性を滅ぼすこと」／「絶対の探究」のパロディ」〈全集6・六五四頁〉

「美への嫉妬」という主題はいつのまにか「絶対的なものへの嫉妬」と言い換えられている。「美への嫉妬」というのは犯人の動機である。「絶対的なものへの嫉妬」と三島がこれを言い換えていたのは、三島が自分の世界観（形而上学）を語ろうとしたからである。実際の三島は絶対者と自己（認識者）という二元性にとらわれている。この二元性をとりはらい、自分を拒んでいた絶対者（＝金閣）と一体化したい。放火犯はそのためには金閣にはいりこんで、自分と一緒に焼失させねばならない。つまり、死なねばならなかったはずだったのである。三島の根本の狙《ねら》いはそういうことであった。しかし、三島は実録にとらわれていたから、死ぬのが怖くなった犯人を火中から脱出させている。

この問題をもっと本格的に論じたいという気持はあるが、全体の構成上のバランスがあるから、ひとまずこの辺でおしまいにしておきたい。

(2) 『鏡子の家』

三島は「裸体と衣裳」という日記の中で、

『鏡子の家』はいわば私のニヒリズム研究だ。ニヒリズムという精神状況は本質的にエモーショナルなものを含んでゐるから、学者の理論的探究よりも、小説家の小説による研究に適している。

登場人物は各自の個性や職業や性的偏向の命ずるままに、それぞれの方向へむかつて走り出すが、結局すべての迂路《うろ》はニヒリズムに還流し、各人が相補つて、最初に清一郎の提出したニヒリズムの見取図を完成に導く。それが最初に私の考へたプランである。しかし出来上つた作品はそれほど絶望的ではなく、ごく細い一縷《いちる》の光りが、最後に天窓から射してくる。（中略）

この作品の完成には、障碍も数多かつたが、それを凌《しの》ぐ無数の幸運の因子の適当な配合は、爾《じ》後《ご》二度と私を訪れることがないかもしれない。ともかくにもこの一年余り、私はこの仕事によつて幸福を味はつてきたのであるから、まずその幸福感を感謝しなければならない。（全集30・二三九―四〇頁）

〈鏡子の家〉は、じっさいに四谷東信濃町にあった。つまり、三島の親友、湯浅あつ子の純洋風の家をモデルにしているのである。

当時、私の家は小さなサロンになっていて、新しもの好きの彼はすぐ常連となった。しばらくして公ちゃんは唐突に〈彼女〉をつくった。その上、その秘め事の一部始終を夜討ち朝駆けで私に報告するという挙に出た。この愛も三年で終り、公ちゃんの青春も終った。公ちゃんはこのキッカリ一年後に瑤子ちゃんと結婚した。勿論（本当の）仲人は私であった。私の最初の夫（ロイ・ジェームス）は仕事上の出張が多く、広い家には学習院初等科に通う娘が一人とお手伝いと、

有能なハウスキーパーがいるだけだった。（全集7・月報）

〝もともとのところでお互いに敬意を失わなければ、男と女の友情は十分成立する〟公ちゃんの自説通りに私たちは彼が中空に飛び去るまで最高の友でありつづけた。（同月報）

これだけの深い愛情に包まれていたから、三島は十分幸福《しあわせ》でありえたのも当然であろう。四人の登場人物はいずれも三島の分身であった。とはいっても、それなりに個性的であり、実際の三島をはみだす場面も見うけられた。

日本画家山形夏雄は賞を受け名声を得るが、世界が崩壊するという体験に襲われ、その後神秘主義に囚われて画が書けなくなる。俳優舟子収はジムに通って筋肉美を獲得するが、不思議な金貸しの中年女にマゾヒズムの快楽を教えられ、やがて二人で奇妙な心中をする。拳闘家深井峻吉は全日本チャンピオンになった晩に、つまらぬ喧嘩から拳《こぶし》を砕かれ、拳闘をやめて右翼団体に入る。やがて来る世界の滅亡を説くサラリーマンの杉本清一郎は有能社員として見込まれ、副社長の娘と結婚するが、ニューヨークで同性愛の米人男性に妻を寝とられる。清一郎は妻の浮気にも動ぜず、終始、妻にやさしく振舞う。『鏡子の家』にやがて良人《おっと》が帰ってくることが決まったが、鏡子はその直前、童貞の夏雄と初めて肉体関係をもち、メキシコ留学を決意した夏雄を送り出す。

『金閣寺』で主人公が夢みたのは、「夏菊と蜜蜂」の関係にみられるような美しい生のあり方であったろう。それと『鏡子の家』の画家夏雄が水仙と対峙する情景が相呼応しているような気がする。


窓からさし入る朝の光りのうちに僕は寝床に半ば体を起したまま、じつと枕のそばの水仙と相対してゐた。防音装置の画室には、外からの物音が何もしなかつた。朝の光りの中の水仙と僕とは、そこで全くの沈黙の裡《うち》に、二人きりでゐることができたのだ。

そのとき僕が思ひついたことがある。これは霊界からの賜物《たまもの》なのだ。去年の夏以来の永い精進の果てに、或る早春の朝、かうしてさえざえとした水仙の一茎が、霊界から僕へ贈られ、不可見の花の精気は凝《こご》つて、こんな白い明瞭な花の形に具現したのだ！（全集7・五三六頁）

こういう幸福感が作者三島のところへも贈られてきたのであろう。

ぼくは『鏡子の家』の最後の二、三章、とくに九章と十章を読むことが好きだ。ここには絶望は見られない。早朝のすがすがしさのようなものが感じられるのである。もちろん、『金閣寺』のような豪華絢爛《ごうかけんらん》たる構築的な文体ではない。もっと素朴で静かな文体の美しさがあって、ぼくの心を落ちつかせてくれる。その前におきた暴力の嵐も消え失せ、情死の痛ましさも過去のこととなったときに不思議な幸福感がやってくる。そういう境地に生れる自然な文章の美しさである。こういう境地へとごく自然に運ばれていく『鏡子の家』がはたして失敗作であろうか。

『鏡子の家』の三島の三十代における位置は、『仮面の告白』がその二十代に占めたそれと同じである。この二つの作品は、ともに、驚嘆すべき自己認識の報告書である。二つながら自己発見の過程を語りこめているのである。(『新版　三島由紀夫――ある評伝』二〇六頁)

ジョン・ネイスンは、『鏡子の家』が三島にとっても、またわれわれにとっても重要な位置を占める作品であることを明確に認めている。ぼくはこの作品がぼくらにとっても魅力的で、評価に値いする作品であることを心をこめて述べておきたい。

『金閣寺』で最後に「生きよう」と思ったのは主人公の犯罪者であったのではなく、三島自身だったのではあるまいか。戦後の日常生活の中であっても「生きよう」と三島自身が思っていたのだとぼくには思われる。そうなると、まるで自己主張というものがなく、付和雷同して「失敗作である」と断定した批評家たち自体が犯罪者ということになりはしないか。

裁かれているのは『鏡子の家』という作品ではなく、作家である三島自身だという気がする。

『鏡子の家』でね、僕そんなことというと恥だけど、あれで皆に非常に解ってほしかったんですよ。それで、自分は今、川の中に赤ん坊を捨てようとしていると、皆とめないのかというんで橋の上に立ってるんですよ。誰もとめに来てくれなかった。それで絶望して川の中に赤ん坊投げこんでそれでもうおしまいですよ、僕はもう。あれはすんだことだ。まだ、逮捕されない。だから今度は逮捕されるようにいろいろやってるんですよ。しかし、その時の文壇の冷たさってなかったんですよ。僕が赤ん坊を捨てようとしてるのに誰もふり向きもしなかった。(「ファシストか革命家か」全集39・七五五頁)

この川の中に投げこまれた「赤ん坊」とは誰か。いうまでもなく、『鏡子の家』の作者、「三島由紀夫それ自身(あるいはその分身)」である。自分で自分を川の中に投げこむという犯罪を犯してしまった。彼は幼児的人間だと言った。それはつまり無垢なものという意味だ。それを捨ててしまうというのは、もはや未来に幸福を求めることを一切、断念してしまったということである。窓からさし入る「幸福の光」をもはや求めないと決断してしまったということである。その証拠に、『鏡子の家』(昭和三十四年)の終章に見られる幸福感はそれ以後に書かれたどの作品にも、もはやその影すら見えないことに誰も気付かないというのは、一体どういうことだ。たとえば、『憂国』(昭和三十六年)には、エロティシズムの輝きがあった。それが『英霊の聲』(昭和四十一年)になると、ここには恨みや怨念《おんねん》があるだけである。『午後の曳航《えいこう》』(昭和三十八年)において、義父を解剖する子供たちには、もはや「無垢な少年」はいささかも認められない。

『豊饒の海』は「カラカラの嘘の海」にすぎなかった。最終巻の『天人五衰』には、作者の悪意がいたるところにこめられている。ラスト・シーンの月修寺の門跡がいう言葉、「松枝清顕さんという方はお名をきいたこともありません。そんなお方はもともとあらしやらなかつたのと違ひますか?」(全集14・六四六頁)。おそらく松枝清顕の名を忘れてしまったはずはない。「そういう浮世の世界に執着することは空しいことだ」と言いたいのであろう。いわば、仏教的相対主義の中にすべてを流してしまっていたのである。

三島はぼくとの『対話・思想の発生』(番町書房)の中で、「ぼくには未来はないのですよ。過去だけがあるのです」と語っている。昭和四十二年八月二十五日の話である。「彼の心の前にはもはや未来の幸福というものはもはやない。過去に自分が犯した罪をつぐなうためだけに今生きているのだ」ということを言っているのだろう。何という痛ましい人生であったのであろうか。

(3) 『英霊の聲』

神憑《かみがか》りとなった少年はふだんは紅潮することが多いのに、青ざめたままの姿で歌いはじめた。

かけまくもあやにかしこき
すめらみことに伏し奏《まお》さく
今、四海必ずしも波穏やかならねど
日の本のやまとの国は……

ふと木村先生のお姿をうかがうと、静かに瞑目し、ひたすら石笛を吹いておられる。合唱は笛の音《ね》に縫われて、遠い潮騒のように、高まり又低まりつつ、つづいた。

……今、四海必ずしも波穏やかならねど、
日の本のやまとの国は
鼓腹撃壌《こふくげきじょう》の世をば現《げん》じ
御仁徳の下《もと》、平和は世にみちみち
人ら泰平のゆるき微笑みに顔見交わし
利害は錯綜し、敵味方も相結び、
外国《とつくに》の金銭は人らを走らせ
もはや戦いを欲せざる者は卑劣をも愛し、
邪まなる戦のみ陰《いん》にはびこり
夫婦朋友も信ずる能わず
いつわりの人間主義をたつきの糧となし
偽善の団欒《だんらん》は世をおおい
力は貶《へん》せられ、肉は蔑《なみ》され、

若人は咽喉元をしめつけられつつ
怠惰と麻薬と闘争に
かつまた望みなき小志の道へ
羊のごとく歩みを揃え、
快楽もその実を失い、信義もその力を喪《うしな》い、
魂は悉く腐蝕せられ
年老いたる者は卑しき自己肯定と保全をば、
道徳の名の下に天下をひろげ、
真実はおおいかくされ、真情は病み、（中略）
大ビルは建てども大義は崩壊し
その窓には欲求不満の螢光燈に輝き渡り、
朝な朝な昇る日はスモッグに曇り
感情は鈍磨し、鋭角は磨滅し、
烈しきもの、雄々しき魂は地を払う。
血潮はことごとく汚れて平和に澱み
ほとばしる清き血潮は涸れ果てぬ。
天翔けるものは翼を折られ

不朽の栄光をば白蟻どもは嘲笑《あざわら》う。
かかる日に、
などてすめろぎは人間《ひと》となりたまひし。
　などてすめろぎは人間となりたまひし。
　　などてすめろぎは人間となりたまひし

（『英霊の聲』全集20・四六八―五一三頁）

これはいうまでもなく、二・二六事件の将校たちの天皇に対する呪詛《じゅそ》の声以外のなにものでもない。これは果して神格天皇が占領軍の命令にもとづき、人間に降下されたことへの批判の文書なのであろうか。三島は昭和天皇に対する嫌悪の感情をもつ人ではなかった。自衛隊総監部の本館前の台上で、演説を終えてから「天皇陛下萬歳！」と叫んでから死んだことから考えても、天皇への尊敬の感情がなくなっていたということは考えられない。ここではあくまで二・二六事件の青年将校たちへの共感の感情から書いたものであろう。

「二・二六事件と私」という文章の中でも、「少年時代から私のうちに育くまれた陽画は蹶起《けっき》将校たちの英雄的形姿であった。その純一無垢、その果敢、その若さ、その死、すべてが神話的英雄の原型に叶っており、かれらの挫折と死とが、かれらを言葉の真の意味におけるヒーローにしていた」（『英霊の聲』昭和四十一年六月、河出書房新社、のあとがきとして書かれた「二・二六事件と私」二三四頁）というように書かれていることからもわかるように、すべてが決起将校たちへの共感の感情から生れたものであったのである。

少年たちは取り残され、閑却され、無視されていた。（中略）少年たちはかくてその不如意な年齢によって、事件から完全に拒まれていた。拒まれていたことが却ってわれわれに、その冥会の壮麗さをこの世ならぬものに想像させ、その悲劇の客人たちを、異常に美しく空想させたのかもしれない。（同二二五頁）

少年時代の無垢《むく》な心に宿った映像は、三島の場合、大人になってもそのまま残っていたのであろう。

三島由紀夫の『英霊の聲』（昭四十一年六月、『文藝』）は未曽有の物質的繁栄のなかにいながら、不思議にみたされぬ渇いた心をかかえている国民心理の空隙を機敏にとらえたセンセーショナルな問題小説である。氏の『憂国』という小説もやはりセンセーショナルであったが、そこではまだ文体の緊張がある美を凝固させていた。しかし、『英霊の聲』から感じられるのは露出された観念である。言葉をかえれば、『憂国』が審美的なのに対して『英霊の聲』はイデオロギー的である。さらにいえば、エロスを主題にした『憂国』が意外に清潔であったのに対し、この『英霊の聲』は妙に猥褻《わいせつ》である。（中略）この作品は、三島の勇気からというより、むしろ氏の精神の

露出癖から生まれたもののように思われる。（江藤淳『全文芸時評』上巻、新潮社、三四八―四九頁）

三島がこの作品を書かざるを得なかった理由は、「精神の露出癖」というものでなかったことは確かである。二・二六事件がおきたのは、昭和十一年二月二十六日、三島は十一歳、ぼくは六歳、江藤は二歳。このような年齢の違いから同じ出来事でもまったく違った様相において示現する。そのとき感受性豊かで無垢《むく》な少年であった三島においては清潔であったものが、江藤にはワイセツに見える。それだけの相違でしかない。

この作品が修羅能の形式で書かれているということが正常の神経の持主には妙に凶《まが》まがしく、陰《いん》鬱《うつ》であり、呪詛《じゅそ》的に見えるのかもしれない。もしかしたら、『鏡子の家』が失敗作であることを決定づけたのは、江藤淳の「三島由紀夫の家」という見事な評論の力が大きな影響をあたえたことによるのかもしれない。そうだとしたら、江藤が三島文学を陰鬱であり、呪詛的であり、凶々《まがまが》しい気分に追いやった張本人だといえるかもしれないと思うのだが、さてどうだろうか。

4　『サド侯爵夫人』

澁澤龍彦は「サド侯爵の真の顔」において次のように語っている。

ここ一、二年、私は『サド侯爵の伝記』において、いかにして彼の素顔を鏡に映し出そうかと考えた。そしてその結果、彼をイノサンス（無垢）の人として眺めることが、最も妥当な方法であろうと信じた。残酷さとやさしさとが交換可能なものであることを知っていたサド、不可能を求め、女の裸を鞭打つことによって、つねに自己の孤独を確認していたサド、およそ頽廃などというものとは縁のなかった、子供のような究理欲や好奇心にあふれていたサド——それは要するに、最も男らしい男としてのサドである。（澁澤龍彥『三島由紀夫おぼえがき』立風書房、一一七—一一八頁）

ルネは言う。「今では（結婚以来のことは）すっかりわかつたんです。今までは記憶のなかにばらばらに散らばつてゐたものが、たちまちみごとにつながつて、一連の頸飾《くびかざり》のやうになりました。（中略）あの人が私の絹の寝間着を肩から辷《すべ》らしてくれる指さきと、マルセイユの娼婦の背中を打つ鞭を握つてゐる指さきとは一心同体なのでございますわ。（中略）

アルフォンスはね、たつた一つしか主題をもたない音楽なんです。私はその音楽に貞節を誓つたのです。その同じ主題がやさしくもきこえ、あるときは血と鞭の高鳴りともきこえます。アルフォンスは私には決してその鞭のはうの音はひびかせません。（中略）

私はともするとあの人の陽気な額、輝く眼差《まなざし》の下に隠されてゐた、その影を愛してゐたのかも

しれませんの。薔薇を愛することと、薔薇の匂ひを愛することと分けられまして？（全集24・二六〇―六四頁）

なるほど、サド侯爵夫人ルネがサドの本質をいちばん深く理解していたのである。六人の女性のうち三人（サド侯爵夫人ルネ、モントルイユ夫人、ルネの妹アンヌ）は実在の人物で、他の三人（サン・フォン伯爵夫人、シミアーヌ男爵夫人、家政婦シャルロット）が作者の創造になる架空の人物である。

アンヌ　お姉さま！　いいおしらせよ

ルネ　何ですつて。「エックス・アン・プロヴァンス高等法院判決書」。本年五月、かねてヴァンセンヌ城に禁固されたりしドナチアン・アルフォンス・フランソワ・ド・サド侯爵に対し、再審を求める金印書状が王より発せられ、当裁判所はこれを認可し、一七七二年の判決を破棄し、新たに審理を重ねたる結果、ここに同侯爵に対し、次のごとき判決を下すものなり。

被告ドナチアン・アルフォンス・フランソワ・ド・サドは、鶏姦並びに風俗壊乱の罪により訓戒処分を受け、罰金五十リイヴルを科せられ、さらに向う三ケ年マルセイユ滞在を禁ぜらる。なほ罰金支払と同時に、その名は囚人名簿より抹消せらるべし」

アンヌ　いいおしらせでせう、お姉さま。

ルネ　これでアルフォンスは自由の身になった。そして私も。六年前の秋、この家の同じサロンで、アルフォンスのことでみんなで思案を重ねたものだわ。あれは恐ろしいマルセイユ事件のあと、あなたがアルフォンスの心を慰めるためにイタリー旅行へ出かけて帰つてきたとき。（第二幕、同書二七〇頁）

（サン・フォン登場）

サン・フォン　今日はぜひきいていただきたいことがあつて伺つたのよ。ゆうべ、私は、ルイ太陽王の御代にモンテスパン夫人がしたようなことをいたしましたの。

モントルイユ　つまり王のお相手をなすつたというわけ？

澁澤は言う。

ルネがサドの性愛の秘儀にしばしば参加し、夫と快楽を共にしていたにちがいないというのは私の持論であるが、三島氏も私と見解を同じくしているらしい。第二幕の最後で、夫の乱行に参加していた彼女を非難する母親に向かって、ルネは、「アルフォンスは私だったのです」と誇らかに宣言することができたほど、サド自身が身を置く悪徳の高みに、貞淑という側から、接近していたのである。貞淑も一種の悪徳、みだらな悪徳の共犯になる場合があったのである。（澁澤

前掲書一二〇頁)

第二章の最後で、ルネ夫人は、ミオラン要塞から夫を脱出させるために、母には内緒で男まさりの働きぶりを示し、夫の有罪判決を破棄させるためにせっせとパリの役所に足をはこんだ。サドの実母の死を知り、夫と二人で、ラ・コストからパリへやってきた。そのとき、ふたたびモントルイユ夫人の奸計に落ち、サドは逮捕されてヴァンセンヌの獄に送られる。その間、モントルイユ夫人がマルセイユ事件判決の再審要求に乗り出し、一七七八年七月十四日には、サドに対する事実上の無罪判決が下された。しかし、これも義母の罠であって、要するに、彼女の狙いはサド家の家名をすすぐとともに、不埒な婿の身柄を永遠に法の監視のもとに置いておきたいということにあったので、無罪判決が下されると同時に、ただちにふたたびサドの身柄がヴァンセンヌに送られることになったのである。

澁澤の意見によると、「裁判所の権力と王の権力とは別系統であって、勅命拘引状は王の署名さえあれば、裁判所側の意向とは無関係に、その効力を発揮しえたのである」(前掲書一二五頁)。

この一七七八年の再逮捕の頃から、ルネ夫人とその母とははげしく争い、感情的に対立することになる。

そのなかでサドはじつに生き生きとした姿において観客の前に現前するのであり、この幼児性のイノサンスということにかんしては、この戯曲に登場する六人の女のすべてが、それぞれの仕方においてであるにせよ、いずれもサドの本質を理解していたといっていいだろう。

サン・フォン伯爵夫人は言う。「マルセイユで起った事件は、子供が蝶の羽をむしるような自然な、ごく自然な事件だつたのでございますわ」。

彼は汚辱の快楽にふけった後、「子供のようにけがれのない深い眠りに沈」んだのである。そうして売春婦と罪の快楽にふけりながらも、貞淑な妻ルネと、その奔放な若い妹アンヌ・プロスペル・ド・ロオネエとを、ひとしく愛することができたのである。

「あの人は金髪の白い小さな花です。毒草ではありません。鳩や花が鞭をふるうのを見るときに、獣を感じるのはこちらのほうです」とルネは言う。

三島由紀夫の戯曲の第一幕には、このようなサドのイノサンスの面があますところなく描かれている。三島が幼児性をいつまでももちつづけている人だということをぼくは言ったが、三島はサドの人間を描くときに、自分の内なる幼児性を、外なるサド像に投影すればよかったのであり、それだけに三島の描くサドの存在は女たちの言葉を通して間接的に語られているにすぎないのに、セリフの中のサドはじつに生き生きとした姿において観客の前に現前するのである。この幼児性のイノサンスということにかんしては、この戯曲に登場する六人の女のすべてが、それぞれの仕方においてであるにせよ、いずれもサドの本質を理解していたといっていいだろう。

彼は汚辱の快楽にふけった後、貞淑な妻ルネと、その奔放な若い妹アンヌとをひとしく愛することができたのである。

もうひとつ、この年から四年前のクリスマスの折、サド夫妻が若い娘や少年を集めて行なった淫蕩な一夜の乱行を、モントルイユが放った密偵が、ひそかに露台から窺っていたという一件がある。たとえ夫の強制によるにせよ、そのような乱行に加わることによって、ルネ夫人が進んで悪徳の共犯者となり、マゾヒスティックな快楽を身に感じたということは事実であろう。

さて、最後の第三幕は一七九〇年四月、第二幕の十三年後であって、フランス革命の勃発の翌年にあたる。ヴァンセンヌとバスティーユに十余年の幽囚の生活を送ったサドは、ようやく革命後の憲法制定の訓令により、晴れて自由の身となるのである。

場面は、昔ながらのモントルイユ家の一室で、そこにルネ、アンヌ、モントルイユ夫人と三人すべて揃っているが、じつはルネはサドが獄中にいたときから、サン・トオルの修道院にはいっていたのである。

獄中において、サドは小説『美徳の不幸』を書くことによって、ルネ夫人を永遠に「一つの物語のなかへ閉じこめてしまった」のだ。かつて「アルフォンスは私です」と言い切れる自信のあった彼女も、今では彼女自身のなかから、彼女自身も気づかない部分を抜きとって、ジュスティーヌの中へ閉じこめ、自分自身は天界の高みへ翔けあがってしまったサドに対して、以前の自分の言葉がとんでもない思い違いにすぎなかったことに気づくのである。夫は彼女にはもはや手の届かないところ、サントテ（聖）の領域に旅立ってしまったことを知るのである。

このルネ夫人を中心とする女たちの魂の鏡に映じた、サドの変身の過程——すなわち、「イノサンス」（無垢）から「モンストリュオジテ」（怪物性）を通って「サントテ」（聖性）にいたる弁証法が、このロジカルな戯曲の底をつらぬく糸であり、なぜルネが二十年も貞節をつくした夫と別れねばならなかったかの、根本の理由を説明するものであるだろう。「あえて言えば、彼女は自分がジュスティーヌ以上のものではあり得ないということを悟った日からサドと再び会う必要を認めなかったのだ」（前掲書一二一頁）。

もう一人の登場人物、革命後、釈放されたサドの姿を見た唯一の証人、家政婦のシャルロットは、サドのなかに何を見たか。サントテの裏返し、ミゼール（悲惨）にほかあるまい。想像世界と現実を逆転したサドに、それ以外の何が残されていよう。ルネ夫人の思い出のなかで、光の騎士となったサドは、現実には乞食同然の身だった。戯曲の大詰めで、作者はおそらく、悲劇というものが本質的に男の領分に属するものであるという、そのイロニーを読者に投げつけて、筆を擱《お》かずにはいられなかったのであろう。

サドが共和政府の革命運動家としてモントルイユ一家に援助の力を貸したのは、ずっと後の一九九三年で、まだこの時、モントルイユとサドとの間には和解は成立していなかった。このように、作者は後半に進むとともにかなり歴史を離れてゆく。

シャルロット　サド侯爵がお見えでございます。お通しいたしませうか。
ルネ　侯爵はどんな御様子だつた？　シャルロット。

シャルロット　あまりにお変りになつていらつしやるのでお見それするところでございました。黒い羅紗《らしや》の上着をお召しですが、肱《ひじ》のあたりに継ぎが当つて、シャツの衿元もひどく汚れておいでなので失礼ですがはじめは物乞いの老人かと思ひました。そしてあのお肥りになつたこと。蒼白いふくれたお顔に、お召物も身幅が合わず、うちの戸口をお通りになれるかと危ぶまれるほど、醜く肥《こ》えておしまいになりました。目はおどおどして顎を軽くおゆすぶりになり、何か不明瞭に物を仰言るお口もとには、黄ばんだ歯が幾本か残つてゐるばかり。でも、お名前を名乗るときは威厳を以て、こんな風に仰言いました。「忘れたか、シャルロット」。そして一語一語を区切るやうに、「私は、ドナアン・アルフォンス・フランソワ・ド・サド侯爵だ」と。

（一同沈黙）

ルネ　お帰ししておくれ。さうして、かう申し上げて。「侯爵夫人はもう決してお目にかかることはありますまい」と。

——幕——　（全集24・三二五頁）

ぼくにとって興味深いことは、これまで三島由紀夫のすべての小説に罵詈雑言《ばりぞうごん》に近いような批評しか書いてこなかった江藤淳が三島の戯曲に限っては、とりわけこの『サド侯爵夫人』にかんしては絶讃に近い批評をしていることである。

私は三島氏の思想に、というよりはそれを支える論理に抵抗感を覚えがちな者であるが、ここではその論理を載せてうねるせりふのうまさ、めりはりのよさに氏の戯曲家としての技術的成熟の跡を見ないわけにはいかない。三島氏は『熱帯樹』以来くりかえしてこういうせりふを試みて来たが、ついに一応の成功を収めたかもしれない。かりにそれが氏の脳裏にしか存在しない理想の劇場の理想の俳優によって、はじめて生命をふきこまれるようなせりふであっても。（江藤淳『全文芸時評』新潮社、上・三〇六頁）

ぼくがこれまでもっとも感動した舞台は、スウェーデンのイングマール・ベルイマンによって演出された東京グローブ座の舞台であった。ベルイマンは、世界を代表する映画監督の一人として著名であるが、元来は、芝居の演出が本業であった。映画『秋のソナタ』でも、暗い映画であったが、音楽の美しさでずいぶん救われていた。この芝居では、彼が色彩感覚において非常に優れていると ころを示した。三幕それぞれが黄色、赤、ブルーというように統一した色調で各場面のすべてを飾りたてた。ずいぶん昔のことなので、何幕目が何色で統一されていたかということは記憶していないが。

こうした話題の芝居を見にゆけば、かならず芝居好きの中村雄二郎氏に幕間で会うが、彼がいうには、フランスで、マドレーヌ・ルノー劇団その他いろいろの『サド侯爵夫人』を見たが、それらよりもベルイマン作品のほうがはるかにすばらしいといっていた。言葉はスウェーデン語であるが、イヤホンで原文を聞かせてくれたから不都合はなかった。
三島由紀夫も「跋」の中で次のように書いている。

いわばこれは女性による〝サド論〟であるから、サド夫人を中心に、各役が女だけで固められなければならぬ。サド夫人は貞淑を、夫人の母モントルイユ夫人は法・社会・道徳を、シミアーヌ夫人は神を、サン・フォン夫人は肉欲を、サド夫人の妹アンヌは女の無邪気さと無節操を、召使は民衆を代表して、これらが惑星の運行のように、交錯しつつ廻転してゆかねばならない。舞台の末梢的技巧は一切これを排し、セリフだけが舞台を支配し、イデエの衝突だけが劇を形造り、情念はあくまで理性の着物を着て歩き廻らねばならぬ。目のたのしみは、美しいロココ風の衣裳が引受けてくれるであろう。すべては、サド夫人をめぐる一つの精密な数学的体系でなければならぬ。……

私はこんなことを考えてこの芝居を書きはじめたが、目算どおりに行ったかどうかはわからぬ。しかし、この芝居は、私の芝居に対する考えを徹底的に押し進めたところに生まれたものであることはたしかである。（初版本、一六〇頁）

5 『わが友ヒットラー』

(1) 愚直を愛す

ずいぶん昔の話で興ざめになるかもしれないが、昭和五十年六月に紀伊國屋ホールで『わが友ヒットラー』を観ていて、あやうく叫びそうになった。

「三島が生きている。ここにはたしかに彼の精神が躍動している。これ以上に彼の存在を見事に完璧に表現しきった作品がほかにあったろうか。これは彼の生存そのものだ。彼は死んでなんかいない。この演劇的空間の中でぼくらとともに生きている。いや、いまの瞬間だれよりもまざまざと生きているのは彼の精神であり、思想だ。ほかのものはすべて背景でしかない。三島由紀夫は生きている！」

芝居を見終った瞬間、ぼくの心は名状しがたい感動で一杯であった。その内容を強いて言葉にすれば、こうとでもいうより仕方があるまい。しかし、もっと言葉につくせない思いがぼくにはあった。久し振りに彼にあって話をすることができたような知的興奮に満たされていた。じっさい、彼ぐらい何げない会話によっても新しい着想の胎動を予感させるような刺戟を与えてくれる人はいなかった。彼とじかに話す機会をもはや二度ともつことができないのは何という不幸かと何度悲しみに襲われたことだろう。しかし、こうして芝居を見ることによってそれと同質の経験をもつことができた。じかに彼の風丰《ふうぼう》に接しているとき以上に、彼の言葉が、思想がぼくの中に滲みこんでくるのを感じ、不思議な喜悦に、なつかしさにぼくは泣かんばかりであった。

このようにして、すぐれた作家は見事に不死を生きることができる。実生活上でのいくつかの不幸にもかかわらず、彼ぐらい幸福な人はいないと思った。死の直前、彼はだれからも、本当の意味では理解されておらず、だれ一人心底信ずるに足る相手をもつことができないことを悩んでいた。無条件に彼が信じ、かつ愛していたのは、おそらく母上おひとりであったろう。彼の死後、ぞくぞく三島の親友をもって任ずる人たちがでてきた。彼の死を予感していたと公言してはばからぬものさえいた。「それほど彼を理解し、彼の行動を予知できていたのであったら、なぜそれを自分に知らせ、ことの決行を諫止するために協力してくれなかったのか」という父君のお怒りもまことにもっともだ（平岡梓『伜・三島由紀夫』）。

それらエセ親友のだれ一人をも三島は信じてはいなかったろう。人一倍寂しがりやの彼は仲間がいなければいたたまれず、せいぜい人を信ずるふりをしていただけであった。いつも多くの取り巻きにかこまれ、破顔哄笑していたが、そのじつ彼ぐらい孤独に悩み、真の友を欲していた人はいなかった。他人のウソが、偽善や媚態がすぐ読みとれるだけに、人の裏切り行為に敏感で、些細なことに傷つき、悩んでいた。いわば、彼はシュトラッサーのような懐疑の人、そして明察の人であった。わが友ヒットラーの裏切りを事前に察知できる人だった。

三島の場合、もっとも根本的な創作衝動は、自分とはまったく異質な他者に化身したいという願望に根ざすものであった。彼にとって物語を作るということは、自分の内部に発酵したもの、自分が経験したものをそのまま外に表出するということではなく、むしろ自分の内部から眼をそらし、自分以外の何ものかに化身しようとする衝動から生まれたものであった。彼は幼年時代から自分の心の内部に、恥じらいとも罪の意識ともつかない、一種の劣等意識をひきおこす、ある秘密な部分を形成していたので、いながらにして自己陶酔にふけるという道を封じられていた。

そこで、自分に酔うためには自分とは無縁の他者に転身しなければならなかった。『仮面の告白』にあるように、怯懦に慣らされた、現実の自分の姿ぐらい、彼にとって厭わしいものはなく、「汚《お》穢屋《わいや》」や「花電車の運転手」を見て、「私が彼でありたい」という「ひりつくような欲望」を感じる。自分のみじめな受動的姿勢に対する悲哀の念がきざすとともに、自分に拒まれている世界を憧れるようになる。〈悲劇的なもの〉へのやむにやまれぬ願望が生まれる。

その点、戯曲くらい彼の芸術意欲に恰好なジャンルはなかったろう。そこでは、仮構のかたちにおいてであるにせよ、自分に拒まれている世界の主人公になることができた。つまり、悲劇的人間に化身することができた。ここまでいえばもうおわかりであろう。彼はレームになりたかったのである。シュトラッサーのように、自分の先が読め、容易に人を信ずることができない猜疑心の強い男は、自分自身と同様、なによりもやりきれない存在だった。レームのように愚直で、誠実で、人を信じきることができる男になりたかったのだ。レームにしても、まるっきりのバカではない。ヒットラーの裏切りの可能性を知らないわけではなかった。疑いだせばきりがないほどその材料はそろっている。しかし、〝わが友ヒットラー〟を裏切ることだけは絶対にできない。彼はいわば戦士共同体を夢みる男だった。その夢が無残にこわされるくらいなら潔く死んだほうがましだった。シュトラッサーの猜疑の囁きに耳を傾けようとはしなかったのは、彼の緻密な分析に理のあることを認めないからではなかった。必死に耳をふさいでも、それを認めまいと欲していたのだ。たとえ裏切られてもいい。最後まで〝わが友ヒットラー〟を信じ、ヒットラーの信頼に応えるような、誠実な行動をとりつづけたい。こう考えたからこそ、シュトラッサーに同調しなかった。そうして見事に裏切られ、壮烈な死をとげたのである。

晩年の三島はとりわけ、こうした愚直な人物を愛していた。自分とは正反対の、無条件に友を信じ、友のためにいのちを投げだすことができる人間になりたいと考えて必死であった。

レームの場合と同様、悲劇的な死をとげることをひそかに欲していたのだ。シュトラッサーと同じように、彼は醒めきった知性の持主であった。戦士共同体の再現はもはや帰らぬ夢であることを知りぬいていた。にもかかわらず、それを信じることにいのちを賭けてみたかった。自分とはまったく異質な存在であるレームその人になりきって、政治的にはもっとも光栄ある悲劇的な死をとげたいと願ったのである。その願いどおり、あの壮烈な自決が行なわれた。あの事件はいまでも、まるで白昼夢のように非現実的に思える。もっとも三島らしくない死に方であった。それも道理、彼は自分と正反対の人間、レームの役割を見事に演じおおせたのであるから。

(2) われらの内なるヒットラー

さて、最期にこの劇の主人公ヒットラーに照明をあててみよう。彼は純真そのもののレームの信頼に到底値いしない、嫌な人間にえがかれている。しかし、けっして狂気の人ではない。クルップの言葉を借りていえば、自分が生きのびるためには、左のシュトラッサーを斬り、返す刀で右のレームを斬った。そして、「政治は中道をいかねばなりません」とうそぶく。まさに冷酷無残な政治的人間である。しかし、これこそが現実政治の実態なのだということを作者は訴えたかったのであろう。ヒットラーはまさに計算ずくめの、醒めきった人間であった。病的合理主義といえても、けっして狂気ではない。その点、演出家（石沢秀二）の強調点も平幹二郎の演技もまちがっていた。ヒットラーが異常性格で狂人にひとしい存在であるという常識に妥協し、この劇の真精神を裏切っている。何よりも恐ろしいのは、もっとも冷静で、正気な人間のうちにも、狂人以上の冷酷無残がひそんでいるということである。われわれ自身がもっている正気という名の狂気こそもっとも戦慄的なものである。

三島がいいたかったのは、「われわれ自身のうちにもヒットラーが住んでいる。あなたはヒットラーを自分とは無縁な特殊人間に仕立てあげ、ヒューマニズムの中に安住していたいのだろうが、そのあなたの中にもヒットラーが生きている。あなた自身〝ヒットラーの友〟なのかもしれませんよ」ということの一事であったのではなかろうか。

演出家の計算がこれほどまでに作者の真意をとりちがえているにもかかわらず、『わが友ヒットラー』は死せる三島由紀夫を甦えらせ、舞台から観客席の隅々にいたるまで、彼の存在を漲《みなぎ》らせていた。これぞ芸術家の光栄でなくて何であろう。すぐれた芸術作品はかくも不出来な演出の中においてすら、真価を発揮する。「三島由紀夫はまだ生きている」と実感することができ、ぼくは幸福《しあわせ》であった。

『サド侯爵夫人』が六人の女性のみを舞台に登場させるのに対し、『わが友ヒットラー』が四人の男性のみを登場させるという点から見る限り、この二つの作品はモノセクシァルという点における共通性をもっており、緊密な関係にあると見るべきであろう。『サド侯爵夫人』がフランス革命の前後の貴族社会を背景としているのに対し、『わが友ヒットラー』は二十世紀初頭のナチス登場の時代を舞台にしている。いずれも時代こそちがえ西欧の物語である。若いころから、三島が異国の風俗、思想、世界観に特別の関心をもっていたことは事実として認めざるをえないであろう。

『近代能楽集』がアメリカ、イギリス、ドイツで評判がよかったところを見ても、彼はつねに外国人の視線を気にしつつ、創作していたように思われる。いまの国際化の時代には、三島文学は世界のいたるところで読まれ、観られつつある。そのことは積極的に評価すべきことではなかろうか。

6 『奔馬』

滝の下であの不思議な発見をしたときから、本多の心は平衡を失って、神社のいろいろなもてなしにも上《うわ》の空であった。再び、この田の面の夕栄えにかがよふ百合のかげから現われた白鉢巻の若者を見て、彼の放心は絶頂に達した。疾走する自動車の砂塵の中に取り残された若者は顔つきも肌の色もまるでちがっているのに、その存在の形そのものが正しく清顕《きよあき》その人であった。

しかも神秘は、それ自体の合理性をそなえていた。清顕が十八年前「又、会うぜ。きっと会ふ。滝の下で」と言ったとおり、本多は正しく滝の下で、清顕と同じ個所に三つの黒子《ほくろ》の目じるしを持った若者に会った。それにつけても思われるのは、清顕の死後、月修院門跡の教えに従って読んださまざまの仏書のうちから四有輪転について述べられた件《くだ》りを思い起すと、今年満で十八歳の飯沼少年は、清顕の死から数えて転生の年齢にぴったり合うことである。

すなわち四有輪転の四有とは、中有、生有、本有、死有の四つをさし、これで有情の輪廻転生の一期が画されるわけであるが、二つの生の間にしばらくとどまる果報があって、これを中有《ちゅうゆう》といい、中有の期間は短くて七日間、長くて七十七日間で次の生に託胎するとして、飯沼少年の誕生日は不詳ながら、大正三年早春の清顕の死の日から、七日後ないし七十七日後に生れたということはありうることだ。

本多は今さらながら、清顕が彼の若い日へ残していったあの生の鋭い羽搏《はばた》きを思わずにはいられなかった。本多は一度も他人の人生を生きるつもりはなかったのに、清顕の迅速な美しい生は本多の生の樹の重要な数年間に、淡い藤色の花を咲かせる寄生蘭のように根をおろし、そこで清顕の生は本多の生の意味を代表し、本多が咲かせる筈のない花を成就したのだった。

飯沼少年には、清顕の美しさが欠けている代りに、清顕の持たなかった素朴と剛毅があった。この二人は光りと影のようにちがっていたが、相補っている特性が、それぞれを若さの化身としている点では等しかった。

鬼頭謙輔《きとうけんすけ》は退役陸軍中将だったが歌人として知られていた。その評判高い『碧落集』という歌集には本多も目をとほしたことがある。


「大阪控訴院判事の本多敏邦氏であります」と飯沼は中将に引合はせた。

「お作はかねがね『碧落集』など拝見してをります」

「汗顔のいたりですな」（中略）

本多がちらとそのはうを見たので中将が、

「娘の槇子《まき》です」

と紹介して、槇子は丁寧に頭を下げた。


飯沼勲《いさお》の父母は松枝清顕の家の書生だった飯沼茂之と、女中のみねで、父飯沼侯爵のはからいで松枝家を去って、結婚することができたのであった。

第一巻では純情な若者であった飯沼が、第二巻『奔馬』では財界から抜け目なく金をもらって大世帯を張る職業右翼として現われ、可憐な少女だったみねは卑屈な中年女になっている。二十年前に清顯と聰子とが密会に使った軍人下宿はなおつづき、堀という革新派の歩兵中尉がそこに住んでいた。

勳は『神風連史話』を本多に、そして堀中尉、洞院宮治典殿下にと見せ、感動を友にした友人と「われらは神風連の純粋を学び、身を挺して邪鬼姦鬼を攘《はら》はん」と誓って結束、堀中尉の指導の下に君側《くんそく》の奸《かん》を除く計画をたてる。勳は槙子にほのかな恋心を抱いていた。決行の四日前に彼は槙子に別れの挨拶に鬼頭家に行く。

二人が接吻した後で

「一つだけ教へて、いつなさるの。明日？　あさつて？」

「十二月三日です」

「狭居《さぬ》神社であなたの御武運を祈つて、十二月二日のうちにお届けするわ。お守はいくつ？」

「十二人です」

堀中尉は満州に転属になり、それにつれて何人かが脱落する。十二人の仲間が十二月一日、隠れ家で細部の打合せをしていたとき警察に襲われた。槙子が計画を勳の父親に電話で告げ、父親は息子を無謀な暴発から救うために警察に密告したのである。三日には同志全員が逮捕され、新聞でそれを知った本多は判事の職を辞して弁護士となり、勳の弁護をみずから買って出る。

市ケ谷十三舎の独房にいた勳はこういう夢を見た。その夢はいかにも奇異で、不快なので、追い払っても追い払っても、心の片隅に残っている。それは勳が女に変身した夢であった。

勳の企ては政治的正義感の純情かつ未熟なままの発露としてうけとめられて、裁判所に届いた減刑嘆願書は五千通にも及んだ。

第二回公判が七月十九日に開かれた。本多弁護士が、昭和四年十一月二十九日の槇子の日記を読み上げる。……実行の勇気は衰えてゆく一方なのに、言葉や計画は夢のような流血の惨事へ向い、お互いでお互いの始末がつかなくなっている。

裁判長は勳に向つて、

「今の鬼頭証人の証言はまちがひないか」

と訊《き》いた。

「はい、まちがひありません。（中略）しかし私の気持はちがうのです。槇子さんにも鬼頭中将にも、前から大へんお世話になつてゐましたので、決行を前にして一目だけお別れしたかつた気持と、それから決行後、以前から多少志を打明けてきたことですから、万が一にも槇子さんを巻き添えにしてはいけないと思ひまして、あくまで嘘をつき通して、むしろ槇さんを失望させて、それをもつて自分の、その愛着を断ち切らうとしたのであります」

これにつづき、勲は十九歳の少年とは思えないほどの熱誠、熱弁を語ったのである。裁判長はその熱誠に感動して無罪判決をする。

「ずっと南だ。……南の国の薔の光の中で。……」

勲は熱海伊豆山稲村の別荘にいる蔵原武介を刺殺し、夜明け前の伊豆の海を前に、

深く呼吸をして、左手で腹を撫でると、瞑目して、右手の小刀の刃先をそこへ押しあて、左手の指さきで位置を定め、右腕に力をこめて突つこんだ。

正に力を腹へ突き立てた瞬間、日輪は瞼《まぶた》の裏に赫奕《かくやく》と昇つた。（全集13・八一九頁）

これを読んでいると、勲が切腹し、「日輪は瞼《まぶた》の裏に赫奕《かくやく》と昇つた」というラストシーンのところで、どうしても昭和四十五年十一月二十五日の自衛隊への乱入事件を連想せずにはおれなくなってしまう。昭和三十五年に短篇小説『憂国』を書き、昭和四十年四月に『憂国』を三島の演出・主演で映画化した。さらに、『人斬り』（勝プロダクション制作）に、勝新太郎にさそわれて「人斬り新兵衛」の異名をとる薩摩の刺客を演じ、見事な切腹シーンを見せる。

これは誰もがいうことだが、どうも三島は作中の人物になりきってしまうところがあるように思

える。

裁判所における勳の演説はたしかにできすぎで、十九歳の少年が書ける水準をはるかに超えている。ここでも、三島は右翼少年になりきって書いているにちがいない。そして自分が創作した人物の演説に自分を入れこみすぎているので、そこから影響を受けざるをえない。それが世間に大きな誤解を与えるもとになってしまうのである。

三島は作品の中で、右翼イデオロギーを賛美するように書いても、「作品そのものは物であり、オブジェであるのだから、肯定も否定もありはしない。それがマイナス6であるかプラス6であるか、そんなことはわからない。けれどもそこに存在した数ですね、それだけが問題なのだ」とぼくとの『対話 思想の発生』(昭42、七三頁)の中で言っている。ところが昭和三十九年十月に発表された『絹と明察』とともにはじまった日本回帰は、二・二六事件の青年将校たちへの共感を書いた『英霊の聲』(昭41・6)や『道義的革命の論理』(昭42・3)によって一挙に民族の心に目覚めたかに思わせる。三島は真に「日本」と共に生きることを『奔馬』(昭44・2)の飯沼勳に託したのであろうか。勳は『神風連史話』を枕頭の書として読み、「神風連の純粋に学べ」をスローガンとした青年であったのである。

7 『暁の寺』

『暁の寺』は二部に分れている。第一部のときは昭和十六年、本多繁邦は四十七歳である。彼は五井物産の訴訟事件でバンコックに滞在している（以下、省略をまじえて引用する）。

「むかし、二十七・八年も前にシャムの王子二人が日本に留学に来られたとき、しばらく別懇にしていただいたことがある。一人はラーマ六世の弟君で、パッタナディド殿下といい、もう一人はその従兄弟《いとこ》でラーマ四世の孫にあたるクリッサダ殿下でした」と本多は菱川に言う。「お二人とも、ラーマ八世殿下が何より頼りにしておられた伯父君で殿下についてスイスのローザンヌへ行かれている」

「それは残念だ」

「殿下のいちばん末のお姫様で、まだ満七歳になられたばかりの幼ない方が、可哀想に、薔薇宮といふ小宮殿に幽閉同様に押込められてね」

「どういふわけで」

「自分は実はタイ王宮の姫君ではない、日本人の生れ変りで、自分の本当の故郷は日本だ、と言ひだされて誰が何といはうともその主張を枉《ま》げようとされないからです」

清顕の夢日記を取り出してみると、

「高い尖《とが》つた、宝石をいつぱい鏤《ちりば》めた金の冠をいただいて廃園を控えた宮居の立派な椅子に掛けている」

「ずつと南だ。ずつと暑い。……南の国の薔薇の光の中で」と勳はつぶやいた。

菱川の合図で本多がポケットから出した真珠の小筥《こばこ》を姫に渡す。

姫は椅子から飛び下りると、一間ほどの幅をのりこえて本多のズボンの膝にしがみつき、身を慄《ふる》わせて本多にかじりついている。

「本多先生！　本多先生！　何といふお懐しい！　私はあんなにお世話になりながら、黙つて死んだお詫《わ》びを申上げたいと、足かけ八年といふもの、今日の再会を待ちこがれてきました。こんな姫の姿をしているけれども、実は私は日本人だ。前世は日本ですごしたから、日本こそ私の故郷だ。どうか本多先生、私を日本へ連れて帰つて下さい」

「松枝清顕《まつがえきよあき》が私と、松枝邸の中の島にゐて、月修院門跡《もんぜき》の御出でを知つたのは何年何月のことかおたずねしたい」

「一九一二年十二月です」

「飯沼勳が逮捕された年月日は？」

「一九三二年の十二月一日です」

すべて正確に当っていた。（全集14・五〇―五一頁）

昭和二十七年の第二部では、本多は「かつて若い日に醜いと眺めた初老の特徴」を、残らずそなえた男としてあらわれる。広大な土地をめぐる係争中の訴訟事件が勝訴となり本多は四億近い成功報酬を受けとった。生れて初めて御殿場の別荘をもち、その別荘びらきに東京から客を招いた。隣人の久松慶子にこの家と五千坪の庭の下検分をして貰《もら》っているのである。三十四年前、学習院の寮で、シャムの王子ジャオ・ピーが紛失した月光姫《ジン・ジャン》の形身の指環を骨董屋で発見し、あしたのパーティに招《よ》んである二代目の月光姫《ジン・ジャン》の指にはめてあげようというのである。その日には結局、ジン・ジャンは来なかった。

その翌日、劇場の廊下の柱のかげにジン・ジャンが佇んでいた。ジン・ジャンの指に濃緑のエメラルドの指輪がはめられたとき、本多はその遠い深い声とこの少女の肉とが、はじめてしっくり融け合ふ瞬間を見た心地がした。

「君が子供のころ、私のよく知つてゐた青年の、生れ変りだと主張してゐて、本当の故郷は日本だ、早く日本に帰りたい、と言つてみんなを困らせてゐた。その日本へ来て、この指環を指にはめたのは、君にとつても一つの巨きな環を閉じることになるんだよ」

「さあ、わかりません」とジン・ジャンは何の感動もなしに答えた。「幼い時のこと、私は何もおぼえてゐません。本当に何も！　みんな私のことを、小さい時は気が変だつたとからかふし、あなたと同じことを言つて笑ひものにするのです。でも、私、完全に何もおぼえてゐません。日本のことと云つたら、戦争がはじまると同時に、スイスに行き、そこで戦争がすむまでゐたのですが、だれかからもらつた日本のお人形を大事にしてゐたことだけです」

その人形というのは本多が妻にいいつけて、日本からジン・ジャンあてに送らせたものであった。昭和四十二年に、本多はたまたま、東京の米国大使館に招かれて、ジン・ジャンそっくりの女性に会った。ジン・ジャンを知っているか、と本多は尋ねた。

「知っているどころか、私の双生児の妹ですわ。もう亡くなりましたけど」

日本留学から帰った後、父はアメリカへ留学させようとしたが、ジン・ジャンは肯んじないで、バンコックの邸で、花々に囲まれて怠けて暮すことを選んだ。そして二十歳になった春に、突然死んだ。侍女の話では、ジン・ジャンは一人で庭へ出ていた。真紅に煙る花をつけた鳳凰木《ほうおうぼく》の樹下にいた。笑い声がきこえていたが、やや間があって鋭い悲鳴に変わった。侍女が駈けつけたとき、ジン・ジャンはコブラに腿《もも》を咬まれて倒れていた。医師が着いたのは、すでに息絶えたあとであった。三島の主人公たちはこのように（それが本物であるかぎりは）、二十歳のときに悲劇的な死をとげるように運命によって定められているかに思われる。

8　『天人五衰』

三島は『暁の寺』を書き上げた直後に、テレビで次のように語っている。

『暁の寺』では女主人公が本当にまえの主人公の生まれ変りなのかどうかわかりにくくなっている。次の第四巻では、それがもっとわからなくなるはずです……。

主人公の安永透は、十六歳だが、清水港に出入りする船舶を見張り、その船舶が発する信号を港へ連絡する仕事をしている。

透は凍ったように青白い美しい顔をしていた。心は冷たく、愛もなく、涙もなかった。しかし、眺めることの幸福を知っていた。天賦の目がそれを教えた。

この十六歳の少年は、自分がまるごとこの世に属していないことを確信していた。あの世には半身しか属していない。あとの半身は、あの幽暗な、濃藍の領域に属していた。従って、この世の法律に縛られているふりをしていれば、それで十分だ。天使を縛る法律がどこの国にあるだろう。

本多と久松慶子とは、老後まことに仲のよい友達で、六十七歳の慶子と二人で歩けば、どこで

も似合ひの金持の夫婦と思われ、三日にあげず会つてゐて、お互ひに少しも退屈をしなかつた。（全集14・四〇〇頁）

透という少年が、今までの三巻のそれぞれに出てきた人物と異なるのは、彼がすさまじい悪意の象徴であるという点である。

「あれ、何にするものなの？　あの旗」
「あれ、今は使つてゐません。手旗信号旗です。夜は発光信号だけですから」

少年は本多の前へ来る。爪先だって、棚の一つの旗を取ろうとする。

すぐ身近で少年が背伸びをしたので、思はずこれを見上げた。そのときたわんだランニング・シャツから腋窩《えきか》が見え、今まで畳まれてゐた一際《ひときわ》白い左の脇腹に、三つの並んだ黒子《ほくろ》を歴々と見た。本多の胸は動悸を打つた。（全集14・四四二頁）

松枝清顕にも、その転生者である飯沼勲にも、そのまた転生者であるかに見えるジン・ジャンの左の脇腹にも、三つの並んだ黒子《ほくろ》を見ることができた。それと同じものを安永透の脇腹に発見して、本多の胸が動悸を打ったのは、彼こそ四代目の転生者かもしれぬと思われたからである。
「私はあの少年を養子に貰はうと思ふんだよ」(同四四四頁)
所長が透の部屋に話があると言ってやったら、早速やってきた。

「その、僕を養子にほしいといふ人は本多さんといふ人じゃありませんか」

「さうだよ。どうしてわかつた?」

「一度信号所へ見学に来たんです」

「養子縁組をしたらすぐ高校の入学準備をさせ、一流大学へ進ませるために家庭教師もつけたいと思つていること、死後うるさい親戚もなく、本多家の財産は悉く透の所有に帰すること。これだけ結構づくめの話はない」

「承知してくれるんだね」

「はい承知します」(同四七八頁)

この春、透が成年に達して東大に入学してから、すべてが変ったのである。透は俄かに養父を邪険に取扱うようになった。本多は透に煖爐の火掻き棒で額を割られ、ころんで打ったといつわって病院通いをしてからというもの、透の意を迎えることにもはや汲々としていた。

「年寄なんか穢《きたな》い。臭いからあっちに行け」と言われたこともある。

この夏から清水の狂女の絹江を引き取って離れに住まわせている。

十一月末に、透は慶子から立派な英文の招待状を受けとった。七十歳に余る老婆の賑やかな正装に透は言葉を奪われた。


「ほかのお客は遅いですね」

「今夜のお客はあなた一人よ」

「じつくりお説教をきかせて下さるつもりなんですね」

「お説教なんてありません。本多さんと私だけが知つている秘密をこつそり話してあげようと思つたの」

「秘密つて何です」

「そもそもあなたがどうして突然本多家に養子に望まれたかご存知?」

「そんなこと知りません」

「実に簡単なことよ、あなたの左の脇に三つ並んだ黒子《ほくろ》のためだわ」

今の今まで、この黒子《ほくろ》は自分一人の矜りの根拠で、誰も知らないと思つていたのに。

「一度会つたきりの赤の他人が気に入つて養子にしたがる莫迦《ばか》がどこにいます」

透ははじめて慶子という女に恐怖を抱いた。

「このまま置いたら、きつと二十歳で自然に殺されると知つたからです」

「あなたを養子にし、理に合はない「神の子」の矜《ほこり》を打ち砕き、世間並の教養と幸福の定義を注《つ》ぎこみ、どこにでもゐる凡庸な青年に叩き直すことであなたを救おうとしたのです」

「何で僕は二十歳で死ななければならないんです」

「そのことについては、さっきの部屋に戻つて、ゆつくり説明します」

二人は火を前にして並んで掛けた。そこで本多から聴いたままの、永い生れ変りの経過を話したのである。

「強ひて証拠といへば、本多さんが松枝清顯といふ人の夢日記を、今も大切に持つてゐる筈だから。夢のことしか書いてない日記でその夢が全部実現されたというわけ。あなたも三つの黒子《ほくろ》をお持ちだからあなたはジン・ジャンの生れ変りにまちがいないように思へるけれど、どうしてもジン・ジャンの死んだ日がはつきりしないのよ。今までお話ししたことは、全部あなたには何の関係もないことかもしれないの」

「僕の誕生日だつて、実ははつきりしないんです」

「それでもそんなことは何の意味もないことかもしれないの」

「何の意味もないとは？」

「だつてはじめから、あなたは贋物だつたかもしれないんですもの」

透は殺意を感じ、どうしたらこの女を取乱させ卑屈に命請ひをさせて殺すことができるかを考へた。

「……あなたがあと半年うちに死ななければ、贋物だつたことが最終的にわかるわけですけれど、私は半年なんか待つまでもないと思つてゐるの。

あなたは卑しい、小さな、どこにでもころがっている小利口な田舎者の青年で、養父の財産を早く手に入れたくて、姑息な手段で準禁治産宣告を下させようとしたりしている。おどろいたでせう。私何でも知つているのよ。

あなたは特別なところなど一つもありません。私があなたの永生きを保証するわ。あなたにはそもそも神速のスピードで自分を滅す若さの稲妻のやうな青い光などそなわつてゐない。ただ、未熟な老ひがあるばかり。あなたの一生は利子生活にだけ似合ふのだわ。

あなたが清顯さんや、勲さんや、ジン・ジャンのやうになれるはずがありません。あなたがなれるのは陰気な相続人にだけ。……」（同六一三頁）

慶子が透に語ったことはもっとも残酷なことであった。自分の運命、自分の存在価値そのすべてを根底から覆したのである。彼は幼時から三つ並んだ黒子《ほくろ》を自分が特別の人、選ばれた人であることの証《あかし》であると信じてきた。十六歳の少年のとき、自分は「この世に半身しか属してゐない」と秘かに思っていた。「従ってこの世で自分を規制しうるどんな法律も規則もない」と秘かに思っていた。このだれにも知られるはずのない秘密が本多にも久松慶子にも知られていたのである。この二人は天使の衣を剝ぎとり、侮辱する天使殺しだったのである。二十歳で死ななければ自分のあらゆる尊厳、貴種性が剝奪され、凡俗の愚民の中につきおとされることになる。慶子は明らかに二十歳で死ぬことを透にそそのかしていた。「あなたは歴史に例外があると思つた？　人間に例外なんてありませんよ」と慶子は言う。これこそ悪魔のささやきである。神の子であり、天使であることが否定されても、少くとも自分が貴種であり天才であることを顕示しなければならなかった。そのためには、二十歳で死なねばならなかったのである。

十二月二十八日の朝、女中たちの泣き叫ぶ声に本多は愕《おど》ろかされた。透は自分の寝室で服毒していた。生命はとりとめられたが、完全に失明していた。透が嚥《の》んだのは、メイドの一人にたのんで町工場から盗ませた工業用のメタノールであった。毒物が網膜神経節細胞を侵して、回復不能の視神経萎縮《いしゅく》を来したのである。

本多は準禁治産を免がれ、もし本多が死んで財産を相続したときこそ、この盲人には法律上の保佐人が要ることになった。盲目の透は学校もやめ、一日家にいて、絹江以外とは誰とも口をきかなくなった。あるとき、透が久々に本多に口をきいた。絹江と結婚させてくれというのである。絹江の狂疾が遺伝性のものと知っている本多は、少しもためらわずにこれを許した。

こうして四部構成の三島のライフ・ワーク、『豊饒の海』は最初の構想を最終章において、決定的にこわすことによって終ることになってしまった。

最初の構想では、第一巻の松枝清顯はロマンチックな恋に破れて、二十歳の若さで死ぬ。

第二巻の飯沼勲はクーデターの計画が自分の愛する女性の裏切りによって失敗に終ったことが残念で、熱海伊豆山稲村の別荘にいる財界の大物、蔵原武介を刺殺し、夜明け前の伊豆の海を前に、切腹自殺する。

現代の時点から見ると、第二巻がいちばん傑出しており、いちばん生き生きと描かれているという気がする。それも自分の将来のあるべき姿を先取りしているわけだから当然といえよう。

第三巻のジン・ジャンは外国人であり、女性でもあることからその個性といい、行動形態といい、前二者にくらべれば、印象がうすく、作品としても見劣りがする。しかし、作者はこの巻では、『豊饒の海』における輪廻転生の思想を唯識哲学によって基礎づけることに根本の狙いがあったのであるから、ロマンとしての構想を華麗に展開するゆとりがなかったのだろう。

第四巻は、全四巻のなかではいちばん惨憺《さんたん》たる結末に終っている。しかし、どうしてそういうことになったかはぼくにはよく理解できる。安永透というのは、左の脇に三つ並んだ黒子《ほくろ》のせいで、転生者と誤認されるが、二十歳で死ぬ運命にあった人間ではないという点において、前三者とは全く異質な存在である。第四巻は最終巻であるから、ここにおいてこそ唯識哲学によって理論武装された、輪廻転生の思想を体現すべき人間を作者は描きださなければならなかったはずである。二十歳の若く、美しい青年として夭折することを夢みていた作者は、何回も作品の中において主人公を夭折させるが、こんなことをいつまでもつづけていたら、自分自身は醜く老いた姿において死ぬしかない。それだけはいやだから、昭和四十五年十一月二十五日に、飯沼勲がやったと同じように腹に刀を突きたてて自刃しようと考えていた。それだから、安永透には気の毒だが、創作ノートのように、「十八歳の少年現れ、天使のごとく、永遠の青春に輝けり」というような若く美しい少年の死という結末にもって行くことはできなかったのである。西郷隆盛は五十歳で見事に自決した。四十五歳であってもそれほど見苦しくはあるまい。二十歳の時は立派な切腹死をするためにはあまりにも繊弱でありすぎた。その後ボディ・ビルで精進した成果もあって、何とかそれほど恥ずかしくない肉体を作り上げることにも成功した。今回の生れ変りは贋物《にせもの》ということにしておいて、こんどは三島由紀夫自身が登場する番である。芸術家であるかぎり作中の主人公を何回でも死なせるが、作者は映像を逆にまわせば何回でも生きかえることができるという安易な立場にたつわけだから、永久に自刃はおこりえない。こんどばかりはそうはいかない。文学者であることを決然としてやめ、武人として、ただ一回かぎりの自刃の死をとげることになるのである。

三島の『豊饒の海』は、形の上では、昭和四十五年十一月二十五日の朝、書き上げられたということになっている。新潮社の小島千加子が三島家に二十分遅れて着き、顔馴染みの手伝いの人が原稿を彼女に渡す。『豊饒の海』の第四巻『天人五衰』の最終稿であった。

じっさいには、『天人五衰』の最終稿は昭和四十五年の夏の終り、八月末には出来上っていたらしい。なぜ作者は最終稿の発表を自決の日、十一月二十五日まで遅らせたのか。ぼくの想像では、『鏡子の家』を失敗作と断定した批評家の前に、自分のライフ・ワークである『豊饒の海』をさらしものにして、再び、「またもや失敗作」という烙印を押させたくない。そのような軽率な判定を自分の生存中には絶対させたくなかったからこそ、十一月二十五日まで延ばしたのではなかろうか。友人たちのなかには、『豊饒の海』の完成した日こそ彼が自決する日だということを知っている人たちもいた。それはだれにも事前に知られたくないことであった。

そういうさまざまの配慮があったから、「生前に発表したくなかった」のではなかろうか。じっさい、今でも批評家(とりわけ大家といわれる人)は『豊饒の海』についての決定的な評価を下すことをためらっている。それというのも、三島が死の直前の三年間くらいの期間において、じつにさまざまの雑用を早朝からこなすことでかなり疲れはてていたことを知っているから、批評家たちはいずれも、そういう状態でいい作品が書けるはずがないという先入見をもっていた。しかし、彼は第一巻の『春の雪』を執筆中に、彼の戯曲作品のなかでも最高の傑作といわれる『サド侯爵夫人』(昭和四十年十一月)をわずか二週間の期限内に完成させているのである(第一巻の『春の雪』は同年九月に『新潮』に連載開始、四十二年一月に完成)。昭和四十一年六月に問題作『英霊の聲』を発表している。同年の一月には映画『憂国』をフランスで発表し、ツール国際短編映画祭で次点となる。

この年の七月、丸山明宏のチャリティ・リサイタルにゲストとして出演、三島もシャンソンを唄う。十月『群像』に「荒野より」を発表。昭和四十二年には、二月「奔馬」を『新潮』に連載開始。昭和四十三年三月から祖国防衛隊(のちの楯の会)の学生とともに陸上自衛隊に体験入隊。五月に松浦竹夫、中村伸郎らと劇団浪慢劇場を創立。六月、全日本学生国防会議の結成大会に出席。七月二十四日から八月二十三日まで隊員とともに再び陸上自衛隊に体験入隊。九月、「暁の寺」を四十五年四月まで『新潮』に連載。十月、自衛隊に体験入隊した学生と共に「楯の会」を発足。十二月、『わが友ヒットラー』。四十五年三月、陸上自衛隊富士学校に隊員とともに体験入隊。七月、「天人五衰」（第四巻）を『新潮』に連載開始。

まさしくこのような超過密スケデュールを軽くこなしながら、『豊饒の海』を完成したというのは超人的というしかない。三島はたしかに普通の人ではない。天才としかいいようがない。だんだん、最近の若い人たちの間に『豊饒の海』を偉大な作品としてごく自然に受けとめる風潮がでてきたようだ。『春の雪』と『奔馬』は傑作として評価できると思う。『暁の寺』は輪廻転生を唯識論の哲学によって根本的に基礎づけるという重要な意味をもっている。『天人五衰』はこれまでの作品とはかなり異質である。なぜなら、これまでの『豊饒の海』という作品を成りたたせてきた構造そのものを崩壊させてしまうからである。

これと云つて奇巧のない、閑雅な、明るくひらいた御庭である。数珠を繰《く》るやうな蝉の声がここを領してゐる。

そのほかには何一つ音とてなく寂寞《じやくまく》を極めてゐる。この庭には何もない。記憶もなければ何もないところへ、自分は来てしまつたと本多は思つた。

庭は夏の日ざかりの日を浴びてしんとしてゐる。……（同六四八頁）

昭和四十五年十一月二十五日

『豊饒の海』完。

これは非常に深遠で感動的な文章であるが、『天人五衰』の結末ではない。『豊饒の海』四部作のロマン全体の結語である。三島文学の最後の言葉といってもいい。すべての意識、記憶、物、すべてを空無化する場所、その場所なき場所に寂莫をきわめた絶対無の沈黙がある。

作者は次のように語っている。

あの作品では絶対的一回的人生というものを一人一人の主人公はおくっていくんですよ。それが最終的には唯識哲学の大きな相対主義の中に溶かしこまれてしまって、いずれもニルヴァーナ（涅槃《ねはん》）の中に入るという小説なんです。（「三島由紀夫最後の言葉」、聞き手・古林尚）

9　はたしてエロティックであり、個人的な絶望の死であったのか

ジョン・ネイスンという人は見事な評伝作者でありながら、何の証拠もなしに、独断的見解を開陳する悪癖がある。

私には、どうしても三島の自殺がその本質において社会的でなく私的であり、愛国主義的でなくエロティックであったように思われるのだ。（ネイスン『三島由紀夫──ある評伝』初版）

ネイスンといい、澁澤龍彦といい、なぜエロティックということにそれほどこだわるのだろうか。三島にとって最後の、今度は本物の死のためには戦士共同体がどうしても必要であった。そこで「楯の会」を作り、森田必勝（一九四五─七〇）を学生長とし、いわば、三島由紀夫が最後の時になってとりみだすことのないように支える役割をした。

何人かの評論家がそう信じこんでいるように、三島と森田との同性愛的自殺であったという可能性はないとぼくは思う。

三島は自作自演の『憂国』で血みどろの切腹演技をやり、大映映画『人斬り』に薩摩藩士、田中新兵衛として出演、最後に見事な割腹をやって見せた。その瞬間には虚構の演技であったのである

から、もともとマゾヒズム的傾向のある三島は大きな快楽を感じたことだろう。しかし、本番ではそうはいかない。生来死ぬことがこわい三島のことであるから、ひとりで決行しようとすれば自分自身による自制はきかず、逃げだしてしまうかもしれない。切腹の瞬間には、アッというひまもないほど強裂な苦痛が走り、それがみる間にからだ中に拡がっていき、意識がもうろうとしてきているのに、彼はしっかり刀を手にもって腹を横に切る。何回もの練習によって自然とそうすることができるようになっていたのである。

古林尚との最後のインタビューの中で、三島は

ぼくの内面には美、エロティシズム、死というものが一本の線をなしている。それから残酷もありますが、……バタイユの著作に支那の掠笞《りようち》の刑の写真が出ています。胸の肉を切り取られてアバラが出ている。そんな風にやられている連中が、写真では笑っているんです。痛いから笑っているんじゃないんですよ。もちろん、これはアヘンを飲まされているんですね、苦痛を回避するために。バタイユは、この刑をうける姿にこそエロティシズムの真骨頂があるといっているのです。つまり、バタイユは、この世でもっとも超絶的なものを見つけだそうとして、じつに一所懸命だったんですよ。バタイユは、そういう行為を通して生命の全体性を回復する以外に、いまの人間は救われないんだと考えていたわけです。（全集40・七四六頁）

バタイユのエロティシズムというエロス（愛）は、ヘテロ（異性愛）でもなければ、ホモ（同性愛）でもなく、これこそまさに形而上学的恋であり古代の哲学者（プラトンの『パイドン』、『パイドロス』）のエロースであったのである。

「死にいたるまでの快楽」と三島がいうとき、それがどうして、現世的、官能的な愛でありえようか。キルケゴールが、Krankheit zum Tode（「死にいたる病い」）というのと同じものを指しているのである。「この世でもっとも残酷なものの極致の向こう側に、もっとも超越的なものをみつけだそうとして、じつに一所懸命だったのです」というのは、三島が解釈するところのバタイユ哲学の極致であろう。この形而上学的エロスをなぜ森田との同性愛というような低次元のものにまでひきさげなければ気がすまないのだろうか。

三島は自分が弱虫であることを知っていたから、どうしても自分を信用することができなかった。だから自分の最後の行為を見張り、見守り、「もはやこれまで」と見定めた時点において、自分が切腹し、それに呼応して刎頸《ふんけい》してくれる仲間がいてくれたことは彼にとって幸いであった。

三島は自分一人切腹すればいいと考えていた。だから、自分につづいて切腹することを思いとどまるように必死になって説得した。しかし、森田はあくまでゆずらなかった。「先生にお従いすることをお許し下さい」と言って、ひたすら頭を下げた。

美しい師弟愛であり、人間愛であったことを素直に信じたいと思う。

二〇〇〇年八月に新版が出たネイスンの評伝では、初版において大きなしくじりを犯していたという実感が語られている。

三島の自殺をもっぱら個人の病理として解釈する結論はもっと広く社会的に意味付ける可能性から眼を塞いだように思われてきた。もし三島の死後の名声を気にするなら、これはもっとも憂うべきしくじりであった。

「評伝」中で、三島のナショナリズムは死の成就の尤もらしい仕掛けだと暴露することに急であった私は、この主張を「新たな自己弁護のあらわな衝動が興味をそそるだけのちぐはぐでばかげた議論である」などと簡単に片付けていた。今日の私は、かつて自分が笑いものにした当の論旨に納得し、感動すら覚える。たしかに、三島の何とも優美で華麗な表現力をそなえた日本語は、多少熟れすぎではあったが、骨の髄まで日本的であった。三島が毎夜、真夜中から明け方までかけて紡ぎ出した日本語こそが彼にとって真の重大事であり、その一生を規定したのだということをどうして否定したりできたのだろう！（「新版への序文」一九九九年十二月、カリフォルニア州モンテシートにて）

ジョン・ネイスンは三島の真実に、再版においてはかなり近づいている。「なるほど三島の死は個人的な、最終的にはその生涯にわたるエロチックな幻想の光でしか了知できないものではあった。

だが同時に、一つの国民的苦悩の明快で適切無比な表現であったことも理解されなければならない。これぞ文化的廃嫡の苦悩であった」としめくくる。「三島の自殺は日本人の無意識的危機感をもつとも鋭敏に先取りする行為でもあったのである」。三島の苦悩は決して「孤立したもの」ではなかったと修正している。ジョン・ネイスンは並々ならぬ評論家であることを、ここにはっきり示しているといってもいいだろう。

10 『果しえていない約束』

昭和四十五年七月七日の『サンケイ新聞』に三島は次のような文章を書いている。「私の中の二十五年を考えると、その空虚に今さらびっくりする。私はほとんど「生きた」とはいへない。鼻をつまみながら通りすぎたのだ。」

こういう書き出しではじまる。

二十五年前に私が憎んだものは、多少形を変へはしたが、今もあひかわらずしぶとく生き永らへてゐる。生き永らへてゐるどころか、おどろくべき繁殖力で日本中に完全に浸透してしまつた。それは戦後民主主義とそこから生ずる偽善といふおそるべきバチルスである。

私はこれからの日に大して希望をつなぐことができない。このまま行つたら「日本」はなくなつてしまうのではないかという感を日ましに深くする。日本はなくなつて、その代わりに、無機的な、からつぽな、ニュートラルな、中間色の、富裕な、抜け目がない、或る経済的大国が極東の一角に残るのであろう。それでもいいと思つている人たちと、私は口をきく気にもなれなくなつているのである。

三島が予言しているとおりに、われわれはまさしく、「無機的な、からっぽな、ニュートラルな、中間色の、富裕な、抜け目がない、或る経済的大国」の中にいながら、ひどい経済的混乱の中で右往左往しつつ、果てしない苦悩の中に生きている。

現在の日本は世界一のドル保有国でありながら、そのドルを使うことができないという枷《かせ》をはめられているために、かなり貧困である。米国は日本からたくさんのドル負債をおわされている。もしも日本が無数の保有ドルを解放したとすれば、日米は密接な経済的な相互関係にあるために日米ともに経済破綻《はたん》をひきおこし、歴史上かつてなかったような大恐慌におちいることはまちがいない。そういう実情を知れば、大企業の責任者であれば、どんなに無謀な投機的人間でもドル売りをひかえざるをえないのである。つまり、我国は他国よりもはるかに富裕でありながら、自分の保有するドルをほとんど使えないという不可思議な貧困状態におかれているのである。そこまでは予見できなかったにせよ、三島の予言はかなりの程度当っているのである。大金持であるのに貧困だという、おそらく恒久的な矛盾の中に日本はおかれているのだ。隣国との絶えざる摩擦状態におかれているために、その時その時の情況次第で一喜一憂しているのが現状だ。

三島はもちろん、すべてを見越していたとはいえないが、恐るべき予言能力ということはいえよう。今こそ三島を再評価すべき時だとぼくは思う。

鹿島茂によれば、今の若い人たちに、「三島由紀夫はありうべかざる奇跡を成し遂げた永遠のヒーローとして映じている」とある（中条省平編『三島由紀夫が死んだ日』二一六頁）。

もしそれが本当なら三島にとってこれほど嬉しいことはないだろう。

参考文献

三島由紀夫

全集

全集として次の二種がある。
決定版『三島由紀夫全集』全四二巻・補巻一巻、新潮社、平成一二—一七年
旧版『三島由紀夫全集』全三五巻、新潮社、昭和四八—五一年
本書の引用はすべて決定版全集による。
たとえば「『仮面の告白』全集1・一九四頁」とあれば、決定版全集第一巻一九四頁からの引用を意味する。

評伝

ジョン・ネイスン『新版 三島由紀夫——ある評伝』新潮社、平成一二年八月
村松剛『三島由紀夫』新潮社、平成二年九月
奥野健男『三島由紀夫伝説』新潮社、平成五年二月
佐伯彰一『評伝三島由紀夫』新潮社、平成五年二月

研究書（評論）

中村光夫・三島由紀夫『対談 人間と文学』講談社、昭和四三年四月
野口武彦『三島由紀夫の世界』講談社、昭和四三年十二月
平岡梓『伜・三島由紀夫』文藝春秋、昭和四七年五月
澁澤龍彦『三島由紀夫おぼえがき』立風書房、昭和五八年十二月
『群像日本の作家18 三島由紀夫』小学館、平成二年十月
石原慎太郎『三島由紀夫の日蝕』新潮社、平成三年三月
磯田光一『殉教の美学』冬樹社、昭和三九年十二月
吉村貞司『三島由紀夫の美と背徳』現代社、昭和三九年十二月
日本文学研究資料叢書『三島由紀夫』有精堂、昭和四六年十一月
田坂昂『三島由紀夫論』風濤社、昭和四五年三月
いいだ・もも『三島由紀夫』都市出版社、昭和四五年十二月
野島秀勝『「日本回帰」のドン・キホーテたち』冬樹社、昭和四六年四月
田中美代子『ロマン主義者は悪党か』新潮社、昭和四六年四月
村松剛『三島由紀夫 その生と死』文藝春秋、昭和四六年五月
武智鉄二『三島由紀夫 死とその歌舞伎観』濤書房、昭和四六年八月
梶谷哲男『三島由紀夫 芸術と病理』金剛出版、昭和四六年八月
松本徹『三島由紀夫の最後』文藝春秋、平成一二年十一月
橋本治『「三島由紀夫」とはなにものだったか』新潮社、平成一四年一月
出口裕弘『三島由紀夫 昭和の迷宮』新潮社、平成一四年十月
伊藤勝彦『三島由紀夫の沈黙』東信堂、平成一四年七月
山内由紀人編『三島由紀夫映画論集成』クイズ出版、平成十一年十一月

山内由紀人編『三島由紀夫　ロゴスの美神』岳陽社、平成一五年七月
中条省平編『三島由紀夫が死んだ日』実業之日本社、平成一二年四月
伊藤勝彦「哲学者の三島由紀夫論」『文學界』、平成一七年八月号
中条省平編『続・三島由紀夫が死んだ日』実業之日本社、平成一七年十一月
平野啓一郎『〝金閣寺〟論』『群像』平成一七年十二月号

森有正

全集

『森有正全集』全一七巻、筑摩書房、一九七八年六月―八二年十月

研究文献

伊藤勝彦「風景の中に佇む思想」（『批評』一九号、一九七〇年四月（その後、伊藤第一評論集『拒絶と沈黙』勁草書房、一九七〇年十二月、に再録）
杉本春生『森有正論』湯川書房、一九七二年九月
杉本春生『森有正論』花神社、一九七八年九月
辻邦生『森有正　感覚のめざすもの』筑摩書房、一九八〇年十二月
関屋綾子『一本の樫の木』日本基督教団出版局、一九八一年十二月
これは森有正のただ一人の妹、関屋夫人の、兄森有正への思い出の本として貴重である。
佐古純一郎『森有正の日記』新地書房、一九八六年四月
中川秀恭編『森有正記念論文集』一九八〇年九月

栃折久美子『森有正先生のこと』筑摩書房、二〇〇三年九月

これは森有正ファン第一号ともいうべき製本家の、森先生への恋心を書いた書物としてユニークである。

伊藤勝彦『天地有情の哲学』ちくま学芸文庫、二〇〇〇年四月

ここで、森有正の思想を、大森哲学との対比において書いているが、森有正論が全体の六〇％を占めている。

森有正『生きることと考えること』講談社現代新書、一九七〇年十一月

これは森先生のご依頼で、ぼくが聞き手となって、先生の思想形成の歴史を語っていただいたもので、いわば、ぼくの構成した「森有正自伝」といってもよい本だと思う。幸いたくさんの読者を得て、二〇〇五年十二月現在で五三刷出ている。

三島由紀夫略年譜

大正四年（一九二五）

一月十四日、東京市四谷区永住町に生れる。本名は平《ひら》岡公威《おかきみたけ》。父・平岡梓《あずさ》は当時農林省に勤務。祖父・定太《さだた》郎《ろう》は福島県知事、樺太庁長官などを勤める。母・倭文《しず》重《え》は元開成中学校長・橋健三の次女。本名の公威は、定太郎の同郷の恩人、古市公威《きみたけ》男爵の名よりとる。

昭和三年

二月二十三日、妹美津子《みつこ》誕生。

昭和五年

一月十九日、弟千之《ちゆき》生れる。一日、自家中毒にかかり死の一歩手前まで行く。千葉医大の部長をしていた伯父が診たとき排尿があり一命をとりとめる。

昭和六年

四月、学習院初等科に入学。この頃から詩歌『小ざくら』に毎号習作が掲載される。

昭和八年

八月、四谷区西信濃町一六番地に転居。祖父母が二、三軒離れた借家に住むことになり、公威は祖父母の家に住む。

昭和十二年

三月、学習院初等科を卒業。四月、同中等科に進学。文芸学部に入部。渋谷区大山町一五番地の西洋館風二階建ての借家に移る。公威も祖母のもとを離れこの家に転居。祖母の家に毎週一回泊まりに行くこと、一日一回電話することが条件。この頃、祖母に連れられ、初めて歌舞伎や能を観る。

昭和十三年

最初の短篇小説「酸模《すかんぽ》」「座禅物語と金鈴」（『輔仁会雑誌』）を発表。

昭和十四年

一月十八日、祖母、潰瘍《かいよう》出血のため死去。享年六十二歳。国文学者・清水文雄が公威のクラスの文法、作文の担当教員となり、その指導を受けはじめる。清水は『文藝文化』同人であった。

昭和十五年

この頃、川路柳虹に師事して詩作、「公威詩集」Ⅰ・Ⅱ・Ⅲ、十一月「彩絵硝子《だみえガラス》」（すべて『輔仁会雑誌』）。

東文彦から初めての手紙（十一月三十日）以後、東の死まで文通が続く。
　昭和十六年
清水文雄の推薦で「花ざかりの森」を『文藝文化』九月号から十月号に連載。初めて三島由紀夫のペンネームを使う。
　昭和十七年
三月、学習院中等科を卒業。学習院高等科文科乙類（ドイツ語）に進学。この頃、『文藝文化』の同人と交流を持つ。同人は清水文雄、蓮田善明、栗山理一ら。同誌を通じて日本浪曼派の影響を受ける。八月二十六日、祖父・定太郎死去（七十九歳）。
　昭和十九年
五月、本籍地で徴兵検査を受け、第二乙種合格。八―九月、沼津海軍工廠に勤労動員。九月、学習院高等科を首席で卒業。天皇から恩師の銀時計を、ドイツ大使からハーケン・クロイツが入った小説三冊をもらう。十月、作品集『花ざかりの森』を七丈書院から刊行。東京帝国大学法学部法律学科に入学。
　昭和二十年
二月、「中世」（『文藝世紀』）を発表。二月四日、自宅で入営通知を受け取り、遺書を書き、遺髪と遺爪を用意する。徴兵検査は、平岡家の本籍地、兵庫県印南郡志方村で行なわれ、肺浸潤と診断され帰京する。このころ、友人の妹と恋文を交わす。八月、日本の敗戦を知る。十月二十三日妹・美津子死去。妹の死は大きな悲しみであった。
　昭和二十一年
一月一日、天皇が人間宣言の詔書を発する。一月、川端康成を訪問、その推薦で「煙草」が『人間』六月号に掲載される。十一月、『岬にての物語』（桜井書店）刊。
　昭和二十二年
四月、「軽王子《かるのみこ》と衣通姫《そとおりひめ》」（『群像』）、八月、「夜の支度」を『人間』に発表。十一月二十八日、東京大学法学部を卒業、十二月十三日、高等文官試験に合格、翌月、大蔵省銀行局に勤務。
　昭和二十三年
二月から「盗賊」第一章を『午前』に発表。六月、「頭文字」（『文學界』）発表。九月、創作に専念するため大蔵省を退職。十一月、『盗賊』（真光社）刊行。
　昭和二十四年
五月、「灯台」（『文學界』）。七月、書下ろし長編『仮面の告白』(河出書房)を刊行。新進作家の地位を確立。

昭和二十五年

七月、『愛の渇き』(新潮社)刊行。「青の時代」(十二月、『新潮』)。八月、目黒区緑ヶ丘二三二三番に転居。

昭和二十六年

一月、「禁色」第一部(十月、『群像』)、「綾の鼓」(『中央公論文藝特集』)発表、十一月、『禁色』第一部(新潮社)刊行。十二月、『朝日新聞』の特別通信員として世界一周の旅に出、翌年五月帰国、旅の印象を『アポロの杯』(朝日新聞社)にまとめる。この年、「鉢の木会」に参加。

昭和二十七年

一月、「卒塔婆小町」(『群像』)、十月、「夏夏の死」(『新潮』)を発表。

昭和二十八年

九月、『秘楽』(『禁色』第二部、新潮社)を刊行。

昭和二十九年

一月、「葵上」(『新潮』)。六月、書下ろし長編『潮騒』(新潮社)。八月、「詩を書く少年」(『文學界』)。

昭和三十年

一月、「海と夕焼」(『群像』)、「沈める滝」(四月、『中央公論』)、五月、「熊野」(『三田文学』)、九月、「白蟻の巣」(『文藝』)を発表。十月、『小説家の休暇』(講談社)。

昭和三十一年

一月、「金閣寺」(十月、『新潮』)。四月『近代能楽集』(新潮社)、十月、『金閣寺』(新潮社)。十一月、中央公論新人賞選考委員をつとめ、この年には深沢七郎『楢山節考』が入選。文学座により「鹿鳴館」(十二月、『文學界』)初演。十二月、『橋づくし』(文藝春秋)。この年、『潮騒』が英訳出版される。

昭和三十二年

一月、「女方」(『世界』)。『金閣寺』によって読売文学賞受賞。三月、「美徳のよろめき」(六月、『群像』)。四月、「ブリタニキュス」(『新劇』)、前月文学座で公演され、毎日演劇賞を受賞。九月、『現代小説は古典たり得るか』(新潮社)。

昭和三十三年

一月、『橋づくし』(文藝春秋)。四月、「日記」(のちに『裸体と衣裳』と改題)。五月、「薔薇と海賊」(『群像』、同月新潮社刊)。六月十一日に川端康成の媒酌で杉山寧の長女・瑤子と結婚、於国際文化会館。この頃、剣道の練習を始める。季刊誌『声』の創刊号に「鏡子の家」第一部の第一・二章を発表。

昭和三十四年

一月、「鏡子の家」第一部脱稿、第二部起稿。三月、『不道徳教育講座』(『中央公論』)。四月、「熊野」(『声』)。五月、「十八歳と三十四歳の肖像画」(『群像』)。同月、太田区馬込東一―一三三三の新居に移る。ロココ風の様式を生かしたもので、庭にアポロ像がある。その後、執筆は主として夜間に二階の書斎を用いる。六月、『文章読本』(中央公論社)。長女・紀子誕生。九月、『鏡子の家』第一・二部(新潮社)を刊行。

昭和三十五年

一月、「熱帯樹」(『声』)、「宴《うたげ》のあと」(十月、『中央公論』)。前年大映と俳優の専属契約を結び、三月、『空っ風野郎』に出演する。この経験をもとに「スタア」(十一月、『群像』)を書く。六月、六〇年安保の騒乱の最盛期にデモを取材。九月、「百万円煎餅」(『新潮』)を発表。十一月、『宴のあと』をめぐるモデル問題おこり、元外相有田八郎からプライバシー侵犯で提訴される。

昭和三十六年

一月、「憂国」を『小説中央公論』に発表。九月、『獣の戯れ』(新潮社)。十二月、「十日の菊」(『文學界』)。

昭和三十七年

二月、「十日の菊」で読賣戯曲賞を受賞。五月、長男・威一郎誕生。七月十日、TBSテレビで『鏡子の家』放映。十月、『美しい星』(新潮社)。十一月、新派が『鹿鳴館』を新橋演舞場で上演。

昭和三十八年

一月、「葡萄パン」(『世界』)、「真珠」(『文藝』)、十日より「私の遍歴時代」を『東京新聞』夕刊に連載(五月二十三日まで)。二月、「林房雄論」(『新潮』)。三月、自分をモデルとする細江英公写真集『薔薇刑』(集英社)刊行。九月、書下ろし長編『午後の曳航』(講談社)。十月、「剣」(『新潮』)。十一月、戯曲『喜びの琴』の上演問題のもつれから、それまで参加していた文学座を脱退。

昭和三十九年

一月、「絹と明察」(十月、『群像』)、「音楽」(十二月、『婦人公論』)。二月、「喜びの琴」(『文藝』)。五月、『喜びの琴』が劇団四季により上演。九月、『宴のあ氏の死により有田家と和解。十月、『絹と明察』(講談社)を刊行、翌月、毎日芸術賞受賞。

昭和四十年

一月、「三熊野詣」(『新潮』)、「月澹荘綺譚」(文藝春秋)、「現代文学の三方向」(『展望』)。二月、「孔雀」(『文學界』)、四月、佐伯彰一、村松剛らの『批評』復刊に際して同人となる。翻訳「セバスチアンの殉教」を連載。自作自演の映画を完成(公開は四十一年四月)。八月、『ある芸術断想』(集英社)、『豊饒の海』の第一巻にあたる「春の雪」を『新潮』に連載開始(四十二年一月まで)。十一月、「サド侯爵夫人」(『文藝』)、「太陽と鉄」(四十三年六月、『批評』)。この年と翌々年、ノーベル文学賞の候補となる。

昭和四十一年

一月、「仲間」(『文藝』)、『サド侯爵夫人』上演で芸術祭賞受賞。映画『憂国』、ツール国際短編映画祭で次点となる。六月、「英霊の聲」(『文藝』)、「憂国」「十日の菊」とあわせて刊行した『英霊の聲』(河出書房)は、自決にいたる思想的歩みを知る上で重要。芥川賞選考委員となる。十月、「荒野より」(『群像』)。

昭和四十二年

二月、「奔馬」(『豊饒の海』第二巻、翌年八月、『新潮』)、三月、「『道義的革命』の論理——磯部一郎主計の遺稿について」(『文藝』)、『荒野より』(中央公論社)、九月、『葉隠入門』(光文社)、十月、「朱雀家の滅亡」(『文藝』)。紀伊國屋ホールで劇団NLTにより上演。十二月、三島由紀夫・伊藤勝彦『対話 思想の発生』(番町書房)。

昭和四十三年

二月、「F104」(『文藝』)、三月、祖国防衛隊(のちの「楯の会」に発展)の隊員とともに陸上自衛隊に体験入隊。四月、中村光夫との対談集『対談 人間と文学』(講談社)。五月、松浦竹夫、中村伸郎らと劇団浪曼劇場を創立。七月、「文化防衛論」を『中央公論』に発表。これに対して橋川文三が翌月同誌に「美の論理と政治の論理」を書いて反論し、話題になる。八月にかけて学生とともに陸上自衛隊に体験入隊。九月、「曉の寺」(『豊饒の海』第三巻、四十五年四月、『新潮』)。十月、自衛隊に体験入隊した隊員とともに、「楯の会」を発足。十二月、「わが友ヒットラー」(『文學界』)。

昭和四十四年

一月、「東大を動物園にしろ」（『文藝春秋』）、『春の雪』（新潮社）、二月、「反革命宣言」（『論争ジャーナル』）、『奔馬』（新潮社）。陸上自衛隊富士学校に学生とともに体験入隊。四月、『文化防衛論』（新潮社）。五月、東大全共闘と討論、その記録を翌月『討論 三島由紀夫VS東大全共闘』（新潮社）として刊行。七月、「癩王テラス」（『海』）、十一月、「蘭陵王」（『群像』）、「椿説弓張月」（『海』）。

昭和四十五年

三月、陸上自衛隊富士学校に学生とともに体験入隊。六月、「士道について——石原慎太郎氏への公開状」（『毎日新聞』十一日）、七月、「天人五衰」を脱稿。九月、「革命哲学としての陽明学」（『諸君！』）。陸上自衛隊に体験入隊。十月、『行動学入門』（文藝春秋）、『作家論』（中央公論社）、対談集『源泉の感情』（河出書房新社）。十一月、池袋東武百貨店で「三島由紀夫展」を開催。二十五日、「天人五衰」の最終回を渡す手筈をととのえた上で、陸上自衛隊市ケ谷駐屯地で益田兼利総監を人質として自衛隊を集合させ、「われわれの訴え」を聞かせたが反応なし。総監室にて自決。

昭和四十六年

一月二十四日、川端康成を委員長として葬儀が東京築地本願寺で行なわれた。戒名は彰武院文鑑公威居士。

（主として全集四十二巻の年譜に依拠する）

あとがき

本書の最初の構想は、著者が自分の生涯において、もっとも大きな影響を受けた二人、つまり、三島由紀夫、森有正についてのエッセイを書くことであった。しかし、文藝春秋の『文學界』に、二〇〇五年の八月号に大川繁樹編集長のおすすめで「哲学者の三島由紀夫論」という評論を書いたところ、編集者の人たちや文学に理解のある友人たちにも非常に評判がよかった。そんなことはぼくにとってはじめての経験だったので、そのあとをもっと書きつづけたいと思った。それとともに森有正はデカルトやパスカルについて最初にぼくに教えてくれた大学の先生だったので、どうしても何か書きたい気持があった。まえがきに記したように、ぼくの「風景の中に佇む思想――森有正」を、森先生は賞めてくれた。もっとも、ぼく以前に書評を書いた人はたくさんいたが、〈森有正論〉という形で書かれた評論は一つもなかったのであるから、他人との比較という形では賞めようがなかったのであろう。

森有正については、二〇〇〇年四月に発表した『天地有情の哲学』（ちくま学芸文庫）の後半の部分がすべて森有正の哲学を語った文章であった。そこで本書の第二章の「森有正の経験と二項関係」は、前書とは全く重複しない文章で、二〇〇一年の新年特別号の『文學界』に発表した作品で、現在の編集長がこれを評価して下さったことがとても嬉しかった。

ぼくが新曜社で出した『夢・狂気・愛』（一九七七年四月）は、巻頭に、「本書を三島由紀夫の霊前に捧げる」と書いてあり、本当は『新潮』で出すはずであった二つの評論（「エロティシズムの形而上学――三島由紀夫(1)」と「大いなる幻影――三島由紀夫論(2)」を中心に編集された、ぼくの第二評論集であった。『朝日新聞』の書評欄に、「巻末に収められた三島由紀夫の死の意味を論じた数編はその意味でとりわけ力のこもった文章だ」と書かれていた。「その意味で」というのは、このエッセイの著者が、デカルト・パスカルを中心とする近代合理主義を研究してきた哲学者であるにもかかわらず、「夢」、「狂気」さらには「愛」のように、非合理的あるいは情念的な主題への見事なアプローチがなされている「という意味で」ということなのである。「人間理性への信頼が失われた孤立と不安の時代に、真の自己と、他への愛をとりもどすべは果してあるのか、著者は熱っぽく問いつめている」というように書かれてある。

新曜社の社長である堀江洪氏や『文學界』の編集長の大川繁樹氏、東信堂の社長の下田勝司氏その他多くの人たちに支えられて、これまで二〇冊以上の著書を書きつづけてくることができた。これらの人たちに、この機会に深く感謝しておきたいのである。あまり売れもしない本をよくぞ辛抱してこれまで出版しつづけて下さったと、その恩義は永久に忘れがたいものであることを自分の心に銘記しておきたいと思うのである。

新潮社の決定版の「三島由紀夫全集」全四十三巻は、昨年の末に見事に完結した。

そういえば、四十三巻の全集の一つ一つに月報が折込まれていて、ぼくも伊藤暁編集長の依頼で全集第四巻に「三島由紀夫の哲学」という小文をのせた。七巻の折込み月報にある、湯浅あつ子の「公ちゃんの青春」という文章も貴重で、彼女の夫のロイ・ジェームス（タレント）は三島由紀夫の結婚式の司会までしている。彼女の東千駄ケ谷の宏壮な自宅が『鏡子の家』のモデルであったことは今ではだれもが知っていることである。この洋館はカルピスの創業者三島海雲の家であったところである。宮崎正弘の〝過去三十三年、周辺の「遍歴」〟（全集37・付録「月報」）も面白かった。四日市市に森田慰霊碑が建立《こんりゅう》されたというのは初耳だった。彼の主催で、毎月一回、日本を代表するあらかたの知識人、研究者、文芸批評家が三島を論じたり、思い出を語ったりの三島由紀夫の公開講座は過去三十三年連綿として続き、累計三百回、加えて毎年命日に開かれる「憂国忌」がある。その母胎はこの三島研究会で、学生・青年にくわえ、OLや劇団員、市井の人々、とりわけ若い女性の参加も目立つようになった。

昨年はとりわけ一種の三島ブームみたいな現象がおきた。蜷川幸雄演出の『近代能楽集』のロンドン公演が爆発的な人気でぼくもその日本公演を見に行った。行定勲《ゆきさだいさお》が『春の雪』の監督に抜擢され話題になった。映画は空前の大ヒットであった。それにつれて三島原作の『春の雪』（文庫版）が売行きベスト・テン（ブック・ファースト）の第四位に長くランクされていた。二〇〇六年の正月には『鹿鳴館』も上演されたが、チケットが早くも売切れで、観劇も断念せざるを得なかった。二〇〇五年の十二月には、田中千世子の監督作品『みやび』を見に行った。芥川賞作家で人気のある平野啓一郎、美術家の柳幸典、狂言師で総合芸術家の野村万之丞などの若い、いろんなジャンルの芸術家が出演し、かれらに田中千世子監督がインタビューをしていろいろな話を引きだすという、トークショーを映画にしたものだった。

一昨年、三島由紀夫研究会に宮崎正広氏のおすすめで出席し、三島についての講演会でいろいろお話をし、結構、反応があった。その二次会の席で、ほとんど三島戯曲ばかりを毎年上演している向陽舎（演劇集団）の久保亜津子さんと知り合った。二〇〇三年には演出かつ主演が久保亜津子さんで、今年は『サド侯爵夫人』でモントルイユ夫人（ルネの母）役ででるから是非来て下さいとご招待をうけ、チケットを二枚いただいたので、成城大学で最後に教えた学生と一緒に見にいった。その時、ルネ役の人の発声がよく聞きとれないので、大劇場だったら聞こえないのではないかと感想を申し上げた。「よしそれなら、来年は私が主役をやりましょう」と久保さんは、はりきっていた。二〇〇四年六月二十七日の『サド侯爵夫人』の「シアター風姿花伝」において行なわれた公演も二枚送ってきたので、同じ女性と一緒に出席した。サド侯爵夫人を演じた久保亜津子さんの演技はすばらしいものであった。芝居が終ったあと、女優さんたちと長々とお話ができて、非常に幸せであった。最近、久保さんからそのとき撮影した公演ビデオが送られてきて、またそれを観る楽しみがでてきた。久保さんのご好意に心から感謝申し上げる。

二〇〇五年に、ぼくに新しい友人ができた。芸術的なカメラマンの淺川亮《りょう》氏（四十八歳）がその人である。非常に積極的で次々にぼくに新しい仕事をもってくる。ひとつ、文学者と対談をしてみないかと彼は言う。「そうだね、できたら平野啓一郎がいいかな、二十三歳のとき当時最年少で芥川賞をとって最近いい仕事をしているから、一度会ってみたい」と言ったら、早速メールで平野氏と連絡をつけ、「対談をしてもいい」という返事が返ってきた。

「実は今月初旬の『群像』（講談社）に〝『金閣寺』論〟というのを書きました。もしよろしければ、そちらを見ていただいて、対談が成立しそうであれば、お引き受けさせていただく、という形にしたいのですがいかがでしょうか。伊藤様の御高著も拝読したいのですがお送りいただけますでしょうか？」という内容だった。早速、四冊の最近出版した本を送ったところ、驚くべき返事が返ってきた。

「恥ずかしながら、自分の手柄のように思っていた三島についてのいくつかの指摘が、既に伊藤様の御論考の中に見えていることを発見し、がっかりするというより、うれしく存じました」とあるではないか。彼の文章を引用する。

三島にとって戦争への不参加と、そこに於ける同輩たちの死は、戦後ずっと負債と感ぜられていた筈である。

丁度、この『金閣寺』を書いた頃から、三島は、それまで約十年間に亘って封殺していた大戦時の記憶と向き合い始め、世間の揶揄《やゆ》にもめげず、肉体の鍛錬を開始している。そして更に十年を経て、徴兵検査にも十分に耐えられるだけの肉体を得た後に、彼は改めて軍服を纏《まと》い、自衛隊駐屯へ突入して、「天皇陛下万歳！」を叫びながら自決するに至る。とするならば、その死は決して、戦場の死と同じ苦痛、同じ悲惨さを、同じ勇敢さで受け容れなければならない。それがあの割腹自殺という方法ではなかったろうか。（「『金閣寺』論」『群像』十二月号、三三七頁）

平野氏とぼくとの違いは、『金閣寺』を書いた昭和三十一年の時点においてなお戦時下の二十歳の昔にたち帰り、そのときの罪障感を現在に蘇えらせようとする、過去に向けた視座を彼が問題化しているのに対し、ぼくの場合は、『仮面の告白』のテキストの後半部をひたすら問題視する。

「兵役に召集され本籍地の兵庫県の田舎で検査を受けたが、風邪の高熱が高い血沈を示した。三島は肺浸潤の名で即日帰京を命じられた。営門をあとにすると彼は駈け出した。ともかくも死ではないもののほうへと彼の足が駈けた」。

「何だつて私はあのようにむきになつて軍医に嘘をついたのか？　何だつて私は微熱がここ半年つづいてゐると言つたり、肩がこつてしかたがないといつたり、血痰が出ると言つたりしたのか」。

彼は、一度だって本気で死にたいなどと思ったことはなかったのである。

しかし、この時、検査を受け、合格した兵庫県の志方村の青年たちはフィリッピン戦線でほとんど戦死してしまった。彼だけが嘘をついて戦線離脱した卑怯者なのである。彼は罰せられなければならない罪人なのである。

強いて、平野氏との発想の違いをいえば、ぼくの場合、三島はつねに、「自分は死ななければならない」と自分自身にささやきかける、その度に、「だって死ぬのは怖いんだもん」と叫ぶ弱さから容易に抜けだすことができない。こういうSollenとSeinとの差を問題視することが、ぼくにはあるという違いぐらいしかないのかもしれない。

たえず三島は、「自分には未来はない。あるのは過去だけだ」ということをいう（ぼくとの『対話』の中の言葉）。特定の過去の時点（二十歳における兵役検査の時点）にたちかえって原罪意識をもちつづけて生きるというのは、つらいことだったと思う。

突然訪ねてきた少年から「三島さんはいつ死ぬのですか。それをぼくに聞かせて下さい」。それだけしか言わない少年を前にしたとき、虚をつかれたようにあわてる。二十歳の時から彼の深層にずっと根づいていた原罪意識がまたもや表層に表われ出てくるのである。

「私は自分を「死」に見捨てられた人間だと感じるといふ奇妙な苦痛を、微妙な神経を集中して、しかも他人行儀にみつめていることを好んだ」（全集1・二七八頁）。

Sterben! Sterben! Ach sterben! soll ich allein（死ぬんだ、死ぬんだ、ひとりで死ぬべきだ！）という言葉を幻聴のようにたえず耳にしている、あまりにも鋭敏な感覚の人間だった。そういうときに、「死の共同体」の中でたえず友と心の絆《きずな》でつながれつつ死にむかっていくことができればどんなにいいことかとたえず想っていた。そこから「楯の会」を結成しようという発想が生れたのだろうと、ぼくは思う。

ぼくの発想は異常だろうか。そうでもない。平野さんが同じ発想の上に立って、見事な〝『金閣寺』論〟を仕上げることができたのだからである。ぼくは今、彼の出現によって心強い味方を得たような気がしている。『金閣寺』から『鏡子の家』への道は一直線である。ぼくはそのことを平野氏から教えられた。

「我々はどこから来たのか、我々は何者か、我々は何処へ行くのか?」これはポール・ゴーガンの晩年の代表作の題名である(一八六七年)。この問いへの解答は唯一つ。

「人間は大地から生れ出で、大地の中に死んで行く」そのくりかえしの総体が人類の歴史である。その過程において個人の生まれかわりはあるのか。三島は「ある」といいたかったのであろう。しかし、いいきれはしなかった。

ぼくは「ある」と信じたい。神の創造を信ずるかぎり、「ある」といえるだろう。「ない」といっても、それは言葉だけである。どちらにしてもだれも論証できはしない。それは永遠性の次元なのだから。

ぼくはパスカルのように、「ある」というほうに賭けたいのである。それ以上のことは今のぼくには何もいうことはできない。それは「希望」であると同時に「祈り」である。

伊藤勝彦

二〇〇六年二月十四日

初出一覧

第一章　哲学者の三島由紀夫論（『文學界』平成十七年八月号、文藝春秋）
第二章　森有正の経験と二項関係（『文學界』平成十三年一月号、文藝春秋）
第三章以下、すべて書下ろし

著者紹介

伊藤勝彦（いとう かつひこ）

1963年東京大学文学部哲学科卒業。北海道大学文学部助教授，埼玉大学教養部教授，東京女子大学教授，東京大学文学部講師，お茶の水女子大学講師などを歴任。埼玉大学名誉教授，文学博士。

主な著書：〔文学関係〕『愛の思想史』（講談社学術文庫），『愛の思想』（番町書房），『対話 思想の発生　三島由紀夫＝伊藤勝彦』（番町書房），『拒絶と沈黙』（勁草書房），『虚構の時代と人間の位置』（日本経済新聞社），『夢・狂気・愛』（新曜社），『三島由紀夫の沈黙』（東信社）。

〔哲学関係〕『危機における人間像』（理想社），『デカルトの人間像』（勁草書房），『デカルト』（清水書院），『パスカル』（講談社現代新書），『パスカル』（講談社・人類の知的遺産），『ささえあいの倫理学』（新曜社），『天地有情の哲学』（ちくま学芸文庫），『哲学への情熱』（勁草書房）。

最後のロマンティーク 三島由紀夫

初版第1刷発行　2006年3月20日©

著　者　伊藤勝彦

発行者　堀江　洪

発行所　株式会社　新曜社

101-0051　東京都千代田区神田神保町2-10

電話（03）3264-4973（代）・FAX（03）3239-2958

URL：http://www.shin-yo-sha.co.jp/

印　刷　長野印刷商工　　Printed in Japan

製　本　イマキ製本

ISBN4-7885-0981-4　C1095